引きこもりVTuberは
伝えたい
めぐすり
Illust popman3580

結家 詠
Utau Musubiya
相田 愛
Ai Aida

手繰寧々子
Neneko Teguri

充電中　やる気充電中　やる気充電中　やる
虹色ボイス二期生
真宵アリス
Alice Mayoi

引きこもりVTuberは伝えたい

めぐすり
Illust◎popman3580

CONTENTS

第一話　ディスプレイの中と外①

ディスプレイの中はいつも輝いて見えた。

【やる気充電中】

画面上部に流れるテロップ。

その下で体育座りしたメイドがうつらうつらと船を漕《こ》いでいる。

頭にはホワイトブリム。左右に分けた前髪長めのショートカットの髪は優しい空を思わせる勿忘草《わすれなぐさ》色をしている。一本一本丁寧に描かれており、頭の動きに合わせて一緒に揺れる毛先からはデザイナーのこだわりが感じられた。

目を細めて、とても眠たげだ。耳を覆うメタリックな巨大飾りは、ねこ耳のシルエットを彷《ほう》彿《ふつ》とさせ、まるで陽だまりで丸くなるネコのようにも見える。

身にまとうのはメイド服。黒を基調とし、エプロンの縁やスカートの裾まで丹念に白のフリルがつけられている。ハウスメイドより喫茶店向き。装飾過多なロングスカートタイプだ。体育座りでも中が見えることはない。

お尻部分から猫のしっぽ型の充電ケーブルがうねうねと延びて、プラグが壁際のコンセントにささっていた。テロップ通り、充電中のアニメーションが流れている。

虹色《にじいろ》ボイス事務所から三期生となる四人のVTuberが発表された。すでに他の三人はデビュー配信を終えており、残っているのは大トリの四人目。

この配信画面は虹糸ボイス三期生の真宵《まよい》アリスのチャンネルだ。

ディスプレイに映っているのは待機所と呼ばれる配信前の待機画面。右下には充電完了時間として配信開始までのカウントダウンが表示されている。

まだ時間は三十分以上ある。それにもかかわらず待機場のコメントは勢いよく流れていた。

：かわええ

：なんかずっと見ていられる

：これは勝ったな

：我々の勝利だ

：いや我々って誰だよ

：世界メイドロボ愛護協会の者です

：国際メイドロボ推進連盟から来ました

：はぁ？

‥あん？
‥こんなところで国際機関にありがちな似た名前組織の利権争いするな
‥青い猫型ロボットだから勝ちは確定
‥それは完全に違うやつだからな

待機民の掛け合い。同じ趣味の同志がただ楽しむためだけにこのチャンネルに集まっているのだ。盛り上がらないわけがない。その場の空気をノリで楽しむくだらない応酬。古くから続くネット媒体の宴《うたげ》が開催されていた。

チャンネル登録者数はすでに五桁。同時接続数も五千を超えている。

このチャンネルで行われるのはデビュー配信だ。まだ誰にも知られていない未知の存在。それにもかかわらずこれだけの人が集まる。

このスタートダッシュは企業Vtuberの強みだろう。個人勢ではまず不可能だ。

待機所のコメントはまだ見ぬ推しへの期待に満ちあふれている。

その光景から私――結家《むすびや》詠《うたう》は逃げるように目を背けた。

（こわい）

光源がディスプレイの真っ暗な部屋。

額を膝に押しつける。

（にげたい）

防音シートに覆われた床と壁、窓も遮光性の高いカーテンで閉ざされている。

この配信用の防音室が結家詠の自室だった。

暗い部屋で一人。体育座りして丸くなる。

（おなかいたい）

室内にはパソコンの駆動音しか聞こえない。

腕に力を込めて身体《からだ》の震えを押さえつける。アバターと同じメイド服をまとった小さな身体がさらに小さくなる。心も身体も殻の内側に引きこもる。

真宵アリスに私の容姿は酷似している。

（あたまいたい）

当然だ。

真宵アリスは私をモデルにデザインされた。

結家詠が生まれ変わるために用意されたアバターなのだから。

（はきそう）

今日、私は真宵アリスに生まれ変わる。

ただの引きこもり少女からVTuber真宵アリスとして転生し、光り輝く表舞台に立つ。

その時間が迫っている。

今日に備えて覚悟を決めたつもりだった。でもつもりでしかなかった。集まってくれた人の数を見ただけでこんなに怖いなんて。表示されているのはただの数字。目の前にいなければ大丈夫だと思っていた。でもずっと引きこもっていたから忘れていた。

私は、誰かに期待されることが怖いのだ。

ディスプレイの中と外。光と影。理想と現実。ただの視聴者として見るディスプレイの中はいつも楽しそうに光り輝いていた。けれどディスプレイの外にはちゃんと現実がある。見えていなかっただけ。見せていないだけ。

配信する側になって初めてわかる恐怖。

私でいいのだろうか。皆の期待を裏切らないだろうか。始まった途端にバッシングされないだろうか。様々な恐怖が頭をよぎっていく。

ぎゅっと目をつぶり、待機所を見ないようにする。

息は浅く、けれどゆっくりと長く吐く。深呼吸は苦しい。余計なことを考えてしまう。恐怖が迫ってくる。だからゆっくりと吐くことに集中する。心を無にして暗闇に沈める。

どれくらいそうしていただろう。

呼吸が落ち着き、顔を上げると部屋の明かりがついていた。

「うたちゃん大丈夫？」

目の前には見慣れた従姉のねこ姉——手繰寧々子《てぐりねねこ》が心配そうに私を見ていた。

黒の肩だしニットにジーンズとラフな服装の長身美人だ。大学を卒業したばかりの社会人。高校生に間違えられる童顔は私との血縁を感じさせる。

身長以外は似ているのだ。私だって頑張れば百五十センチに届く。しかしねこ姉は頑張らなくても身長が百七十センチあるらしい。

街を歩けば年の離れた姉妹に見られるだろう。少なくとも幼いころはそうだった。この一年間はずっと引きこもっていたので姉妹扱いはされていない。

(どうしてねこ姉が目の前にいるんだろう?)

ぼんやり浮かんだ疑問に、答えるかのように脳みそが一気に覚醒した。

焦ってディスプレイの時計に目を向ける。

「時間は!?」

「まだ大丈夫だから安心していいよ」

「……良かった」

開始時刻までまだ十五分以上はあった。

安堵《あんど》の息を吐くと、優しく頭を撫《な》でられる。

「バズっていたから心配で見に来たら、明かりもつけず蹲《うずくま》っているし。本当に大丈夫?」

「……いつも通り大丈夫じゃない。バズるってなにかあったの?」

聞き返すと、少し呆《あき》れた様子でディスプレイを指さされた。待機所は先ほどと変わらず活気があり、輝いているように見える。

いや、さっきよりも輝きは増していた。

コメントが追いきれない勢いで流れている。

「えっ……なんで？　登録者数も同時接続数も倍近くに増えてる」

「その様子だと気づいてなかったんだ。『本日デビューの虹色ボイス三期生真宵アリスの待機所がかわいい』って拡散されてバズったみたい」

ネット上でなにが注目を集めるのかなど誰にもわからない。たった一つの書き込みが話題になり、システムが目立つ場所にオススメとして表示する。目にした人がまたその書き込みを拡散し、さらに注目を集める。

拡散と集合の連鎖。それがバズるという現象だ。

時間とともに増え続ける待機者のカウンター。

恨みがましくジト目でねこ姉を睨《にら》みつけた。

「人気者ですね。新進気鋭のイラストレーターのねこグローブ先生。それともママ呼びがいいですか？」

業界の習慣としてキャラクターデザインをした人物を「ママ」と呼ぶ。この現象を引き起こしたのは真宵アリスの生みの親。イラストレーターねこグローブことねこ姉だ。

そして、私がVTuberの道に足を踏み入れたのもねこ姉のコネに他ならない。

「うたちゃんに呼ばれるならねこ姉も先生もママも捨てがたい。ただ人気者はうたちゃんの真宵アリスだよ」

「人気者はねこグローブ先生デザインの真宵アリスであって、デビュー前の演者は関係ないでしょ」

通常なら歓喜するのだろう。虹色ボイス事務所も大騒ぎしているかもしれない。直前でバズって注目を集める。デビューのスタートダッシュとして理想的だ。

演者が一年以上引きこもって、まともに人と話したことがないダメ人間でなければ。

集まる注目に再びプレッシャーが襲いかかってくる。

そんな弱気を見透かすように問いかけられた。

「逃げたい？　今なら機材トラブルで延期できるし、事務所と揉《も》めたってデビューも辞められるよ」

——ずっと逃げてきたんだから今更でしょ？

そう続けられたなら反発できた。反発して本当に逃げたかもしれない。

けれどねこ姉の口調はどこまでも平坦《へいたん》で優しい。ここで逃げたいと告げれば、すぐに事務所に連絡を取って中止の連絡をしてくれる。このVTuberデビューは私のためにねこ姉が虹色ボイス事務所に持ち込んでくれた話だ。

せっかく待機所がバズった好機を逃すなど事務所が許すとは思えない。デビュー辞退すればどうなるか。最初から存在しない私の信用がなくなるのはどうでもいい。でもイラストレーターねこグローブが積み重ねた信用が失われてしまうのは問題だ。

たとえそうなってもねこ姉は私を責めない。

そういう人だからこの一年甘えていた。そういう人だから今回は甘えられない。これ以上は迷惑をかけられない。自分を変えるなら今だ。

……なんて前向きに決意をする主人公思考なら引きこもりにはならない。

(あぁ……これはもう逃げられない。逃げた方が重い。さすがねこ姉)

後ろ向きに覚悟が決まった。

「あ、うたちゃんの目が本気になった」

「ねこ姉って重い女だよね」

「……うん。その唐突な暴言。うたちゃん暴走モードだね。やる気になったのはいいけど、思考が駄々洩《も》れになるその癖はどうかと思うよ」

ねこ姉がなにか言っているが無視する。

今回のことは私が決めたことだ。確かにねこ姉から提案された話だが、強要は一切されていない。

他に選択肢が見つからなかったからVTuberとしてデビューする。逃げ道なんて最初から存在しない。現実から逃げて引きこもった。現実からは逃げきれても恐怖からは逃げきれなかった。そう悟ったから挑むと決めた。

基本は逃げる。全力で逃げる。脱兎《だっと》なんて後ろから抜いてやる。逃げ足ならば私は誰にも負けない。戦いを挑むのは常に断崖絶壁に追い込まれてからだ。窮鼠《きゅうそ》だって猫を噛《か》む。

人生を後ろ向きに全力疾走させたら誰にも負けない自信だけはある。

この一年間、ずっと引きこもっていた。直接会話したのはねこ姉と虹色ボイス事務所のマネージャーだけ。

人間嫌いのコミュ障爆発ダメ人間にとって、同時接続が一万人だろうと、二万人だろうと関係ない。正直、十人でもキャパシティオーバーだ。数の多さなど誤差の問題でしかない。

コミュ障にとって対人とは常に0と1の世界だ。話すか話さないか。デジタル化万歳である。

今更怖がってどうする。

「The Show Must Go On。ショーマストゴーオンだよ。ねこ姉」

「……うたちゃんはまだデビュー前だから舞台に上がってないよね」

外に出ること。人と話すこと。それ以外のやれることは全てやった。

デビューが決まってVTuberについても研究した。段取りは頭に入っている。デビュー配信のノルマもわかっている。

大事なのは分刻みの予定や時間配分などではない。

沈黙が続いたり、たどたどしく話したり。段取りに手間取りテンポが悪いのは許されない。けれど台本通りの円滑な進行も求められていない。

大事なのは場を盛り上げること。流れるコメントから的確に空気をつかみ、適度にリスナーと対話すること。

（つまり不可能！）

ここ最近ずっとダメな気しかしてない。

必要とされる繊細かつ高度なコミュニケーションスキルを陰キャな引きこもりが習得できるはずがない。ならばどうすればいい。

私にはできないことだらけ。人並みのコミュニケーションスキルもない。だからコミュニケーションという選択肢は捨てた。

最初から全てを支配するのだ。

事前にリスナーの反応や配信の空気感を想定し、誘導し、配信の全てを私がコントロールする。

私が対話できないなら、リスナーからも対話能力を奪えばいい。先行の逃げ切り戦略。追いつかれなければ勝てる。初手で相手を飲み込んで、ずっと私のターンを続けるだけ。ただそれだけでいい。逃げ足ならば自信がある。

コミュ障の私にはその方が簡単だ。

「よし。当たって砕けて爆発してくる。ねこ姉は部屋から出ていって」

「まさかの開始前からデビュー敗北宣言!?　さすがに付き合いの長いねこ姉もその宣言は予想できないよ。本当に大丈夫なの？」

「私の辞書に大丈夫の文字はない。いいから出ていって！　配信を始めるから」

「それダメなやつ！　配信を始める？　ちょっと待って！　開始予定時刻までまだ十分以上あるよ？」

ねこ姉を部屋から追い出し、鍵をかける。

恐怖におびえる時間を強制的に終わらせる時が来た。


「やる気充電完了」


引きこもりで気弱な私は必要ない。手櫛《てぐし》で髪を整え、普段着にしているメイド服のしわを伸ばし、朗らかな笑顔の仮面を被《かぶ》る。

ちらりと見た卓上の鏡に映るのは私という知らない赤の他人だ。

（誰だこのメイド？）

客観的な第三者に置かれた自我がドン引きする。

もう真宵アリスというキャラクターを演じるしかない。

心から転生するのだ。

「キャラクター真宵アリスをインストール」

真宵アリスのキャラクターはもちろん頭に入っている。でも真宵アリスのキャラクターだけでは足りない。真宵アリスの演者の仮想人格も作り上げる。それでもダメなら何重にも何重にも仮面を被る。

だんだん結家詠という存在が私から剥離していき、本当の私は心の奥底に沈んでいく。


「お仕事モード起動」


もうマウスを動かす指が淀《よど》みなく動く。恐れも震えもない。

心の中で魔法の言葉を唱える。


——The Show Must Go On.

そして、真宵アリスのはじめてのショーの幕が上がる。

第二話　デビュー生配信①　―産声《うぶごえ》は下《げ》剋上《こくじょう》―

真宵アリス襲撃前。待機所はまだ平和だった。

コメント欄でチャンネル主と関係のない話題を禁じているチャンネルは多い。

けれど虹色ボイス事務所では虹色ボイス内の話題に関しては解禁し、リスナー同士の交流を奨励している。情報交換の場として活用してもらうためだ。

特に今回は虹色ボイス三期生となる四人のデビュー配信が行われている。

すでに三人はデビューを終えており、真宵アリスが最後の一人。

話題は尽きず、待機者の多い一因でもあった。

：急に人が増えたな
：待機所がバズったから
：幸先《さいさき》いいじゃん
：二期がトラブっているときに決まった三期生デビューだからよかった
：炎上でもしてたん？
：二期生はなにも悪くないのに外から放火された

:醜悪なロリコーンが暴れて二期生一人が活動休止に追い込まれたお怒り案件
:虹色ボイス事務所が警察に被害届出していたぞ
:ロリコーンってなんだ？
:二期生に黄楓《きふう》ヴァニラというロリがいるんだけど演者が長身美人だと発覚したんだよな
:ロリの演者はロリしか認めない過激派が湧いた
:幼女好きの害悪荒らしだからロリコーン
:虹色ボイスはリアルとの境界が薄いからアンチも多いけどアレは酷《ひど》かったな
:ロリコーン事件は警察案件だしもういいだろ
:事務所が演者を守る姿勢を見せたら一気に荒らし減ったし
:誹謗《ひぼう》中傷しておいて警察沙汰になった途端に被害者面とか糞《くそ》ダサかった
:マジで胸糞案件

最近、虹色ボイス事務所ではネガティブな話題が出ていた。鬱憤が溜《た》まっていたリスナーも多い。そんなときに発表されたのが虹色ボイス三期生のデビューだ。

漂う重い空気を払拭してくれるかもしれない。

三期生のデビューはリスナーからそんな期待が寄せられている。

：虹色ボイスは三期生も四人編成だったな
：一期生二期生も四人だから四人単位で期生を固定しているんだろ
：他の三人はもうデビュー済みか
：俺はまだ見れていないけどアリス以外の三期生はどうだった？
：すでに二人は前世発覚済み
：もうかよ
：一人目は桜色《さくらいろ》セツナで子役の氷室《ひむろ》さくらちゃんと言えばわかる？
：特撮魔法少女でデビューした子役か
：なんでそれがすぐ出てくるんだよロリコン
：ロリコンちゃうわ
：いやいや、十年前のあのデビュー作知ってるやつとかほぼいないでしょ
：うぐっ

虹色ボイス三期生の桜色セツナ。

子役出身で人気と実力を兼ね備えた期待の新星だ。虹色ボイスに所属する演者の中で一番年下でありながら、芸歴が一期生のメンバーよりも長い大ベテランだ。

桜色セツナを加入させるため三期生のデビューが決まった。

そんな噂《うわさ》が囁《ささや》かれるほど虹色ボイスの次世代エースとして目されている。

：二人目はリズベット・アインホルンで元は十八禁泣きゲー声優からの転生
：十八禁!?　また荒れそうな人材来たな
：荒らさせねーよ。むしろ泣けよ。何年かぶりにゲームで泣いたわ
：買ったのかよ。出演タイトル教えてくれ
：お前も買う気かよ！

リズベット・アインホルン。
アダルトな世界からの転生で話題を呼んだ三期生の二人目。
本来ならば前世を隠すところなのかもしれないが、本人の意向で隠されていない。デビュー配信でも自分の出演作について熱く語るなど、自分の前世に誇りを持った語り口が好評で早くもファンを獲得している。

：三人目は七海《ななみ》ミサキで身バレしてない
：釣りとソロキャン趣味のアウトドア系イケボ女子だな
：野外活動もするみたいだしキャンプ配信とかでいずれバレるのかもな

：アウトドアガチ勢がどうしてVTuberになったんだ？
：夜中一人キャンプしているときに配信見て憧れたらしい
：なんか可愛《かわい》い

七海ミサキ。

他の二人と異なり芸能経験のない一般人からの公募者だ。そのためまだ配信になれないところがある。だが人柄と要領の良さで選ばれただけあって、非常に好感度は高かった。

：三期生も濃いメンバーが揃《そろ》っているな
：今日デビューの真宵アリスはどうなんだ？
：ビジュアル以外の事前に公開された情報なし
：三期生のシークレットキャラ扱いだったからどんなサプライズがあるのやら
：その正体もあと十分でわかるだろ

だが異変は予定時間よりも早く訪れた。

テロップの文字が【やる気充電完了】に切り替わる。猫のしっぽ型の充電ケーブルが真宵アリスの腰に巻きついた。

‥どうしてカウントダウンがゼロに？
‥画面も切り替わった
‥もしかして始まった？
‥まだ開始予定時間になってないんだけど
‥なんでもうライブになってんの？
‥操作ミスしちゃったか？

リスナーが心配するのは誤操作などの配信ミスだ。

デビュー当日だ。開始予定時間直前になってフライングでゲリラ配信する演者がいるとは誰も思わない。思考の間隙をつく。

なにが起こっているのか理解できず、コメント欄が疑問符で溢《あふ》れかえっている。すでに十分な人は集まっていることはわかっている。もう数字は見ない。

ディスプレイの中で体育座りしていた真宵アリスで立ち上がった。

完全な無表情。

開かれた瞳に光はない。生気を感じさせない輝きがただのメイドではなくメイドロボ、ロボットであることを印象づける。

その真宵アリスの口がゆっくりと動く。

「ジュウデンガ、カンリョウシマシタ。オシゴトモードキドウシマス」

その声はどこまでも無機質で人間味がなかった。

:なんか始まった
:これ機械音声か
:いや……たぶん喋《しゃべ》っている
:もう始まるの?
:予定より十分ぐらい早いんだけど

リスナーが困惑している。

それでよかった。なにが起きているのかはわかる。でも理解できない。理解される前に駆け抜ける。ただ置いてけぼりにしてはいけない。ちゃんとリスナーが状況を追ってこられるように調整しながら暴走するのだ。

まずは馴染《なじ》みある音楽で意識を惹《ひ》きつける。

「〜〜〜〜♪　〜〜〜〜♪」

口ずさんだのは今や日常の一部となった機械音のメロディだ。

：この聞き慣れたメロディは！
：機械再生っぽく聞こえるけどこれは歌っているな
：歌うにしても選曲がおかしい
：この配信終わったら風呂に入るか
：なぜいきなり風呂を沸かした

そう風呂自動完了のメロディだ。

しかし馴染みのある音楽というだけでは意味がない。

「〜〜〜〜〜〜〜♪　オフロハワキマセン。イツマデモ、ロボットガシタガッテイルトオモウナ、ジンルイ」

ちゃんと真宵アリスに興味を向けさせなければいけないのだ。

：クソワロタ
：いつまでも従っていると思うな人類
：機械が反旗を翻した
：やべー今日風呂を沸かせない
：いやマジ何が始まったんだ？

：冒頭から人類と敵対するとかキャラ濃いな
：開始時間も守らない反骨精神の塊

これだけではまだ弱い。配信内の言葉だけではただのキャラ付けだと見透かされてしまう。だから行動を働きかける。リスナーを巻き込むのだ。

「イマカラ、ダイオンリョウガナガレマス。オンリョウニチュウイシテクダサイ。ヘッドフォンナドノ、チャクヨウヲオススメシマス」

どこまでも機械的。でもちゃんと注意を呼びかける。

：音量下げろって？
：事前に言ってくれて助かる
：いや注意が必要な大音量を出すなよ
：ヘッドフォンはリスナーの嗜《たしな》みだよな
：えっ？　電車の中なのに

大音量で耳を痛めてはいけない。

それは当然だが、ほかの脅威にも言及する。

「マタヘッドフォンナドノ、セツゾクモカクニンシテクダサイ。オトモレハ、シャカイテキニシニマス」
電車内に大音量の推しの声が流れるとか本当にあるらしいので。
：社会的に死にます
：グサッ
：う……トラウマが
：経験者いたか
：大丈夫だよね？　念のためにもう少し音量を下げてよ
「シャカイテキニシニマス」
：繰り返し言った
：大事なことなので二度言いました
：ご丁寧にありがとうございます
：これ完全に演者が喋っているな
：機械音声のマネが上手《うま》い

：そりゃあメイドロボだからな

画面に映る真宵アリスはいつの間にかマイクを握りしめていた。先ほどまでは無機質なロボットフェイスだったが、今は瞳に光が入っている。やる気が画面越しでも伝わる。

機械的な音の攻撃ではない。今から叫ぶのだとわかるように気合が入っていた。

「デハカウントダウン。ジュウキュウハチナナロクゴ——」

準備万端。宣言通りの大音量がくるとわかり、コメント欄も慌ただしくなる。

：はやい
：いきなり高速カウントダウン
：カウントダウンの意味は!?
：待って。まだ音量下げてない
：コメント打っている場合か

ついに時がきた。

無機質なロボット音声ではなく真宵アリスとして叫ぶ第一声。

産声の言葉は決めていた。

「――イチ！　げ・こ・く・じょおぉぉぉおぉぉぉ――――――っ！」

拳を突き上げ真宵アリスは絶叫する。配信にエコーとハウリング音が鳴り響いた。

下剋上。

引きこもりの少女が今この瞬間から世界に叛逆《はんぎゃく》を始めるのだ。

：マジで叫びやがった

：げこくじょぉーーーー！

：俺氏無事死亡ミュートにしようとワイヤレスイヤフォンをスイッチ押す回数間違えて電車内に鳴り響く下剋上

：おい！

：ちゃんと事前に注意されていただろ

：社会的に死んだ奴いるぞ

：なぜその状態で長文打っているんだよ

：周りが無茶苦茶見てくるけどもうスマホに集中するしかない

：わかりみ凄《すご》い

阿鼻叫喚《あびきょうかん》。急な展開にわけもわからずコメントが激流のように流れていく。

計画通りリスナーを巻き込んだ。ここのままやりっぱなしでは反感も買ってしまう。巻き込んだのであればフォローする。敵対するつもりはない。この配信の時間を共に楽しもう。

そう伝わるように満面の笑みで名乗りを上げる。

「皆様初めまして。世界に叛逆を目論《もくろ》む暴走型駄メイドロボ真宵アリスです」

告知された時間をフライングして配信を始めた。忠告したとはいえ絶叫という音響爆弾を放った。冒頭からリスナーを巻き込む暴走劇だ。

その言動の全てが名乗りの文言と一致する。

こうして伝説となる真宵アリスの暴走デビュー配信が始まった。

なおこの配信内容は虹色ボイス事務所の許可を一切取っていない。

第三話　デビュー生配信②　―そしてママは生贄《いけにえ》になった―

初お披露目のVTuberは第一印象が全てだ。

なにも実績がない。まだ誰にも知られていない。とにかく情報がない。それがデビューしたての新人というもの。リスナーが推すと決める判断材料はそれしかない。

第一印象で合わなければリスナーは去る。悲しいことだがVTuberは他にもたくさんいる。好みでなければ推しには選ばれない。そんな厳しい世界だ。

重要なのは第一印象。つかみはできた。興味は惹きつけた。ただ先ほどまでの暴走劇では一時的な効果しかない。なにをするかわからない。だから見続けよう……とは絶対にならない。突飛な行動を見るだけであれば一度で十分だ。

だから名乗りで第一印象を塗り替える。

ずっと暴走するだけのメイドロボではいけない。突飛な言動はあるがどこか憎めない。ちゃんと感情があり、応援したくなる存在として認識されなければいけない。

真宵アリスを推したい。

そう思わせるためにさらなる仮面を被る。

機械音声から人の声に戻す。普通に話し始めてはいけない。声を完璧に作り上げる。数多《あまた》見たアニメとそのヒロイン達。その全ての声と演技を覚えている。再現できる。

万人に親しまれれるのはやはりメインヒロインを彷彿とさせる声だ。

できるだけ明るく元気に。少し年下を意識する。

一度聞いたら忘れられない伸びやかな声で名乗りを上げた。

「皆様初めまして。世界に叛逆を目論む暴走型駄メイドロボ真宵アリスです」

浮かべる表情はにっこり笑顔だ。

リアルではこんな愛嬌《あいきょう》のある表情を浮かべたことなんかない。

：初めまして〜

：暴走型駄メイドロボ？

：やべー奴キタ

：なに一つ大丈夫な要素がない

：声かわいい

：実際に暴走しているし

：キャラ設定を有言実行していてえらい

：暴走は有言実行しちゃダメだろ

⋯⋯笑顔で許した

困惑している人も多いが狙い通りの好意的な反応を引き出せた。

すでに順応しようとしている人がいるがまだ早い。

これからのことを考えれば、真宵アリスは暴走キャラとして認識されたほうがいい。ただしなにをするかわからない暴走キャラではない。なんでもありの愛され暴走キャラを目指さなければいけない。そうしなければ先がない。

だからもっとリスナーを振り回す。

「皆様言いたい放題ですね。それでは」

幼さを残す明るい口調から切り替える。

落ち着きを持った大人の声色。アバターは片足を斜め後ろに引き、もう片足の膝を曲げる。

そしてエプロンドレスの裾を両手で持ち上げ目を伏せた。

天真爛漫《てんしんらんまん》なヒロインの仮面を外し、今度はクールな美少女キャラの仮面を被る。

「この度は誠に申し訳ありません。予定時間前の先行ゲリラライブに、唐突な大音量など皆様に混乱を招いたことを謝罪させていただきます」

魅せるのは礼節と真摯な謝罪だ。

：……見事なカーテシー
：これは駄メイドロボではないメイドロボ
：声の切り替わり凄いな
：できるメイドボイス
：驚いたけど別にいいぞ。カウントダウンはあったし
：ホントに先行で始めちゃってる
：声質まで変わってね
：暴走変人枠かと思ったら演技派か

　急なキャラ変に困惑するコメント欄。

　その中にお目当てのアカウントを見つけた。開始直前の様子から絶対に見に来ていると思っていた。マウスを動かして目当てのアカウントにマークを付ける。

「寛大なお言葉感謝いたします。暴走型とはいえ謝罪とお礼は欠かさぬようプリインストールされておりますのでご安心ください」

　安心できる要素なんてなにもない。大事なのは落ち着いた口調で断言することだ。

　突飛な行動をとっても真宵アリスはリスナーを裏切らない。話が通じない存在ではない。そう認識してもらってリスナーとの信頼関係を築く。

：これはいい子
：一番大事な礼儀
：大人でもできてない人は多いからな
【ねこグローブ】：謝罪とお礼はしっかりしているよね……謝罪とお礼は
：謝罪とお礼は全人類にプリインストールしてほしい
：ねこグローブいた
：ママだ
：ママ？
：真宵アリスのイラストレーターさんのこと
：ママが見に来ている
【ねこグローブ】：あーーーちょっとアリス！

アカウントが白日の下にさらされて慌てているねこ姉は無視だ。相手にするのはあくまでリスナー。ここは八つ当たり込みでネタにさせてもらう。

「今回の暴走劇はママの責任です。こともあろうに本番前の緊張で吐きそうになっている私に追い打ちをかけてきた。直前になってイラストレーターのねこグローブ先生が作成した素敵な待機画面がバズりました。つまりママの圧力にテンパった結果です」

ねこグローブ先生が悪いわけがない。

しかし、このように断言するとリスナーは面白そうな方向に流れてくれる。

：ママの圧力やばいな
：吐きそうだったなら仕方ない
：確かに本番前に急に注目されるとテンパるかも
【ねこグローブ】：え？　私が悪い流れ？
：そうだな
：親の圧によって潰される子供
：先生は可哀想《かわいそう》だとは思わないのですか？

一斉に「可哀想」のコメントが流れる。

基本的にコメント欄のリスナーはノリがいい。慣れたリスナーほど場の空気を読み、楽しむために投稿する。

それ故に配信者がわかりやすい合図を出せばリスナーを誘導することは可能だ。

けれど注意しなければいけない。

リスナーは楽しむために集まってくれている。発言に乗ってくれるのも楽しそうだからだ。

リスナーが望まない方向に誘導することはできない。謙虚に。誠実に。リスナーとともに楽しい配信を作ることを忘れてはいけない。向き合うことを忘れればリスナーは去る。去るだけならまだしもアンチに変われば炎上騒ぎになってしまう。数の力は怖いのだ。

不意に仮面の下の心が痛んだ。あまりにノリの良《い》いリスナーの反応にトラウマが刺激された。でも大丈夫。この程度なら一度被った仮面は剝がれない。配信も自分の心も制御できている。思い描いた展開の配信を行えている。

明るい声に戻して、自分を奮い立たせた。リスナーのノリがいいなら、乗りやすい声がいい。こうした方がリスナーにも楽しんでもらえるだろう。

「はい！　判決が下ったところで事務所対応をよろしくお願いします。ねこ姉」

最後にあえて甘えるような声音で名前を呼んだ。

元からねこ姉との関係性は隠さない方針だったので問題はない。

：ねこ姉？
：事務所対応？
【ねこグローブ】：え……本当に虹色ボイス事務所のマネージャーから私に電話がかかってきたんだけど
：どういうことだ？

：……まさかアリス
：事務所の許可取らずに始めた？

やはり虹色ボイス事務所のマネージャーから連絡が届いたようだ。

「そりゃあねこ姉に連絡がいくよね。私はやる気を充電するためにスマホの電源切っているから。虹色ボイス事務所に無断でフライング配信した挙げ句、ここまで全部アドリブ。勝手に世界に叛逆を目論む暴走型駄メイドロボとか名乗っちゃっているし」

真宵アリスと連絡が取れなければ、その同居保護者のねこグローブに連絡がいく。

真宵アリスの担当マネージャーとねこグローブは親友なので連悪も取りやすいだろう。

要は生贄だ。

：ぶぅーーーーーー
：まじかこいつ
：本当に事務所の許可もらわずに配信を始めたのか
：名乗りの通り暴走してやがった
【ねこグローブ】：メッセージで『早く出ろ』圧力が凄い
：草しか生えん

：ママは大変だな

猫なで声で甘えるように。

「よろしくねママ。今夜はマネージャーとやけ酒だぁ！　私は未成年だから付き合えないけど」

リスナーに向けた発言ではない。

あえてねこグローブ個人に向けて言葉を発する。

プライベートな部分を垣間見せているように演出した。これも演技だ。演者の素の表情さえ演技で演出する。リアルではここまで露骨に他人に甘えたりはしない。ねこグローブには演技しているのがバレているだろうけど、リスナーにはわからない。

これで親近感は抱いてもらえただろうか。

：やけ酒だぁ

：やけ酒は草

：やけになる事態引き起こしているのは誰でしょうね？

：アリス未成年か

【ねこグローブ】：はぁ……ちょっと逝ってきます

：逝ってくるのか

：惜しい人を亡くした
：先生の次回作は真宵アリスの恥ずかしいイラストでお願いします

ここまでやればリスナーも真宵アリスをただのキャラクターとは思わない。

冒頭で演じた話の通じない暴走するメイドロボの印象はすでに過去だろう。今は血の通ったいたずら好きの少女だろうか。

ならばわかりやすく印象を補強する。

「くすん……ママは娘を守るために逝きました。『アリス……強く……つよく生きなさい』。ママの遺言を胸に刻んで私は配信を続けます。もう泣きません」

これで心を持った人間として認識してもらえたのであれば成功だ。

：言っていない逝っただけ
：ついさっきママを生贄にした奴のセリフか
：やけ酒だぁと自分から仕向けておいて
：もう泣きませんじゃないんだよ
：芸達者な子だな
：ここまで完全にアリス劇場

：ママの遺言を守れてえらい

殺到するツッコミコメント群。

その中に気になるコメントがあった。これは別に狙っていたわけではない。ただここまで劇場型配信を意識していたのは確かだ。

シンプルでわかりやすい。

なにより私が思い描く真宵アリスの方向性と合致する。

「いいですね『アリス劇場』。採用です。チャンネル名は『真宵アリス劇場』に決定」

第四話　デビュー生配信③　―これはただのドラゴンブレイクです―

配信者にとってチャンネル名はブランドだ。

大切なのは覚えやすさ。配信内容のわかりやすさ。そして他との差別化。専門チャンネルならば専門分野をアピールする。方向性を絞るチャンネル名にすることで説明を省き、見てもらえるように誘導する。

では活動内容が多岐にわたるVTuberのチャンネル名はどうするのか。

その多くがアバター名だ。アバターという固有のキャラクターを持つVTuberの最適解。覚えやすさ。わかりやすさ。差別化。全てを満たせている。

けれどそれも過去の話だ。ブーム到来でVTuberとして活動する人が一気に増えた。それに伴いアバター名のチャンネルも急増した。すでにアバターの名前では区別できない数だ。

今は肩書、ファンネーム、開始のルーティーンなどで特徴付けを行うことが多い。

活動内容と照らし合わせて他のVTuberと違いを出すことが重要だ。

「いいですね。『アリス劇場』採用。チャンネル名は『真宵アリス劇場』に決定」

：チャンネル名が変わった
：真宵アリスちゃんねるだったのに
：確かに劇って感じだからな
：劇場型配信っぽい

評判は悪くない。むしろ共感が多かった。

真宵アリスのキャラクターと配信の方向性が受け入れられた手応えがある。

「好評をいただけてよかったです。『真宵アリスちゃんねる』だとデビュー寝坊配信や途中居眠り配信してやろうかと悩んでいたから」

理解が得られたところでリスナーとの壁を薄くする。ここまでは一方的に喋っていただけでリスナーのコメントもほとんど拾っていなかった。

演技の時間が終わり、そっとリスナーに歩み寄る。

：この暴走型なんてことを考えてやがった
：普通に事故配信で草
：アリスちゃん寝る
：いつまでも充電中から目覚めないメイドロボ

：チャンネル名を変えて正解だな
：アリスに与えてはいけない名前だった

真宵アリスの声が柔らかくなったことに気づいたのだろう。親しみの感じられるコメントが多くなった。

「さてチャンネル名も決まったし、今日のノルマは達成です」

でもまだ足りない。

：ノルマ？
：なんか課せられていたのか
：チャンネル名を決めなおすとか？

芸達者でいたずら好き。それは真宵アリスの表面上の部分だ。VTuberとしてはいいが、それだけでは個人的な目的は果たせない。

「デビュー配信どうすればいいの？　そうマネージャーさんに尋ねたら『気負わずに丁寧に自己紹介と自己アピールをしなさい。インパクト与えようと奇をてらったことをして空回り。そんな失敗パターンが一番怖い』とアドバイスをもらいました」

だから世間話をするように笑いかける。秘密の相談事をするように声をひそめる。より身近な存在に感じられるように距離を詰める。

：まともな奴はゲリラ先行ライブとかやらん
：……いやなにも守ってなくね？
：初回から寒い空気流れるとね
：初手炎上は嫌われるな
：なんかわかる

アドバイスと配信内容の乖離《かいり》。コメント欄で笑い話になるならば奇襲は成功だった。

真宵アリスの瞳からハイライトが消えて無表情になる。

たぶん素の結家詠に一番近い顔だ。本来であれば配信でさらす必要のない。配信者としては芸達者な劇場型配信者を続ければいい。しかし、完全に作りこんだ真宵アリスでは足りない。目的を果たせない。だからここから仮面を変える。

表情だけではなく、声からも明るさと抑揚を消した。

「でも私は自己紹介や自己アピールとかが死ぬほど嫌いです。陰キャだし、学校とかでもそれが嫌で吐きそうになるタイプでした」

真宵アリスのキャラクターを陽から陰に切り替える。

：……お、おう
：急に死んだ目に
：トラウマ刺激した
：わかりみ
：陰キャに自己紹介はつらい

ここから立て板に水。感情は宿らないが聞き取りやすい声で言葉を紡いでいく。
「私からネタと勢いを奪ったら放送事故になりますよ。なにも喋れない。沈黙の黙示録です。黒歴史どころか本当になかったことにされます。待機者一万人超えとかあり得ません。本番直前に頭痛と腹痛と吐き気に襲われました」
その内容は自己否定。まるで詰めた距離の分だけ突き放すかのようだ。

：そう言われるとアドバイスが無理筋だな
：胃薬と頭痛薬いる？
：かなりやばい状況で配信したんだな

：一万人の前で喋るのは陰キャじゃなくてもきつい

リスナーとの対話ではない。一方的な内面の吐露だ。

「一年間引きこもっている陰キャコミュ障舐《な》めちゃダメです。我この一年喋ったのねこ姉とマネージャーの二人だけぞ？　直前になってなぜバズる。ねこ姉の裏切り者。バズって二万人ってなんぞ？　見渡す限りねこ姉とマネージャーが一万人ずつ埋め尽くすの？　かぼちゃやニンジンでもホラーだよ。カロテン豊富どころじゃないよ。野菜人によって人類終焉《しゅうえん》するよ。どうして野菜人は青髪になったの？」

：これガチか
：一年間引きこもりの陰キャコミュ障ってマジか
：この配信も拡散されて三万人逝っているな
：喋れてえらいガチで偉い

突然の告白に盛況になるコメント欄。確認してなかったが、配信中も同時接続者数は増えていて三万人を突破していたみたいだ。時計を見ると、予定されていた本来の開始時刻が近づいていた。また切り替えの時間だ。

「さて『気負わずに自己紹介と自己アピールしてください』も終わったのでお仕事モードも終了です」

宣言してカメラの前から去る。

そして部屋においてある小型の冷蔵庫からエナジードリンクを取り出した。

：え？

：配信終了？

：急にいなくなった

：なんか生活音が聞こえてくるんだけど

：足音と冷蔵庫を開ける音？

カメラの前に戻ると、案の定コメント欄は困惑している。

そのままプルタブを開けて、ゴクゴクと喉にエナジードリンクを流し込んだ。

：飲酒？

：ヤバいんじゃないの？

：アリス未成年って言っていたし

：放送事故？

：マジものの暴走しちゃった？


さすがに少しやりすぎた。盛り上がるのはいいけど炎上させてはいけない。

明るく冗談めかしの口調で謝罪と訂正を入れた。

「困惑させてごめんなさい。終了でも切り忘れでもないので安心してください。いち段落ついたら喉が渇いただけです」

：あーよかった
：急に去るからビビった
：この暴走型は本当に何するかわからないから
：なに飲んでいたの？
：まだ安心するには早いぞ
：未成年で飲酒はダメ

未成年と告白したので飲み物の中身を警戒されているらしい。

「大丈夫です。一応缶で成分を確認して……アルコールは入っていません。これはただのドラゴンブレイクです」

ごく一般的なエナジードリンクだ。……たぶん。

：よか……ってやっぱりヤバい飲料じゃねーか
：ドラブレはあかん
：下手な酒より危険物を配信中に飲むな
：エナドリ界のドクペ
：なぜあれに年齢規制ないのか
：悲報『真宵アリスデビュー配信でドラブレをキメてしまう』
：やっぱり放送事故だった
：これは切り抜きって……今のところ切り抜かれないところがない
：振り返ると事件しかなくママが一人生贄になっている

ドラゴンブレイクに予想外の反響があった。コメント欄が妙に荒れてしまっているがもう時間が迫っている。年相応の飾らない声音で呼びかける。

「皆様落ち着いてください。もうそろそろ時間です」

引きこもり告白したばかりだ。今からハイテンションな配信を再開しても痛々しく見えるだろう。

：時間？

：なんの？

：あーわかった

：まだ始まってなかった

「さんにーいち。改めて……皆様初めまして。世界に叛逆を目論む引きこもりで陰キャな堕落型駄メイドロボ真宵アリスです」

第五話　デビュー生配信④　―配慮してちゃんと面で叩《たた》きました―

時刻は公表されていた予定時間になっていた。

コメント欄では「もう始まっているの？」と困惑している人も増えている。だから仕切りなおす。もちろん最初からやり直すわけではない。

お仕事モードだった第一部は終了した。ここからは第二部のスタートだ。

そう印象付けるために改めて本来の結家詠に近いままで名乗りを上げなおす。

「改めて……皆様初めまして。世界に叛逆を目論む引きこもりで陰キャな堕落型駄メイドロボ真宵アリスです」

のんびりとリラックスした口調。

もちろんそんなことはない。緊張を表に出さないだけだ。

：初めまして？

：すでに十分以上経《た》っているが

：え？　もう十分経っていたの？

：一瞬だった

：最初（開始前）から見ていたけど確か暴走型だったよな
：一回目と型番が変わっている
：世界に叛逆を目論む駄メイドロボは共通なのか

気づいたリスナーもいるが名乗りの内容を変えている。

暴走型から堕落型に型番が変わっている。先ほどのカミングアウト。引きこもりで陰キャであることは盛り込んだ変更だ。

天真爛漫な明るいキャラクターも今は必要ない。ここまで散々リスナーを振り回したのだからもうそろそろスローペースに落ち着かせてもいいだろう。

「いよいよ私のデビュー配信が始まりました。ですがまだドラブレのショート缶を飲み切れていません。先に来ていただいていた皆様。ここまで配信の内容を簡潔にどうぞ」

：え？
：リスナーに状況説明投げるな
：唐突な先行ゲリラデビュー配信
：声爆弾
：カーテシーで謝罪

：無断ゲリラ配信で事務所ブチ切れ
：ママを生贄にする
：チャンネル名の変更
：陰キャ告白
：一年間の引きこもり
：生配信でドラブレをキメる
：名乗りが変わる
：リスナーに丸投げ←New
：わずか十分でこれか
：ママを生贄にするってなんだよ
：自由すぎて草しか生えん

空になった缶を置く。

コメント欄は困惑する新規のリスナー相手に盛り上がっていた。この配信は追いかけ再生可能設定なので、冒頭から見直すことは可能だが、それでも前代未聞のフライングデビュー配信だ。時間通りに来てくれたリスナーには悪いことをしてしまった。

「本当に説明してくれていたのですね。ありがとうございます。無茶振りしてごめんなさい」

：おう
：ええんやで
：謝罪とお礼はしっかりしているよね……謝罪とお礼は
：ねこグローブママ……ぐすん
：生贄になったママの言う通りだったな
：いい子なのか？
：本当にいい子は暴走して問題を起こさない

「もうお仕事モードが終わりました。暴走型ではありません。堕落型です。これ以上の暴走はしませんよ。さて残り時間なにしましょう。先行で色々やったので私の会話デッキの枚数はあとわずかです。聞きたいこととかありますか？」

：堕落型はリスナーに投げるのか
：暴走型でも堕落型でもヤバい
：ママのねこグローブ先生とは親しいの？
：なんか距離間が近かったな
：生贄に捧《ささ》げるぐらいだからな

真宵アリスが質問の許可を出すと、コメント欄がすぐに反応した。その光景に安堵する。興味がなければ質問しない。相手のことを知らなければ、なにを質問していいのかわからない。具体的な質問が飛んできたのはリスナーとの信頼関係が構築できている証《あかし》だ。

「需要があるようですね。では私とねこ姉の出会いを語りましょうか。ちょっと待ってください。今から捏造《ねつぞう》しますので。はい整いました」

：まさかの捏造宣言

：しかも早い

：なんだこいつ

：絶対やべー奴なのに慣れてきた自分に草

「あれは台風の近づく荒れた河川敷《かせんじき》。私は一人段ボールの中にいました」

：はじまった

：捨て猫設定？

：いや捨てメイドロボ設定だろ

：やっぱり不良品か
：暴走型に堕落型だからな
：型番から漂うヤバさ
「吹き荒れる強風。私は手に持つプラカードが飛ばされないように、必死にしがみつきながら声を張り上げます」
：プラカード？
：捨てメイドロボじゃないのか？
：どういう状況だ？
「『労働基準法を守れ！』『未来から来たロボットに人権はないのか！』『どら焼きさえ与えていればいいと思うな！』『パイセンに給与を』『押し入れ以外のまともな住居の保証を！』『せめて週休二日制を！』」
：草
：これはダメだろ

：パイセン言うな
：……あのアニメを労働基準法の観点から見たことなかったわ
：どらやきさえ与えていればいいと思うな！
：シュプレヒコール
：ここでも世界に叛逆してやがる

「誰もいない河川敷で声を上げる。そんな私に近づく人物がいた。台風で川の水位を見に来てしまったご老人だったら危ない。注意しなければ。そう思ってそちらを見ると妙齢の美人なお姉さんでした。ねこグローブ先生です」

：危ないのはお前だ
：危険駄メイドロボ
：言動ヤバいのにどうして対応がまともなんだよ
：台風の河川敷でシュプレヒコールを上げていたやつに心配されたくない

「ねこグローブ先生は空のビールケースをなぜか持っていました。色は黄色。私が入っている段ボールのすぐ横に裏返しで置きます。そして目で促してきます。ここに乗れと」

アサヒルビール

：なんでだよ！
：もうなにがなんだか
：これがアリス劇場
：気づけばコントが始まっていた
：語り上手いな

「私は戸惑いながらもビールケースに乗りました。ねこグローブ先生が頷《うなず》きます。親指をぐっと突き出しいいねとドヤ顔です。私はプラカードを思いっきり振り下ろし、ねこグローブ先生の頭をぶっ叩きました」

：だからなんで！
：ママの扱いがひどい
：ねこグローブ先生の行動も謎すぎて草
：これ作り話だよな？

「配慮してちゃんと面で叩きました。角は危険です」

：そういう問題じゃない
：角は危険だな
：配慮できてえらい
：ところどころまともなのが草
「ねこグローブ先生と私には身長差あって、私がビールケースに乗ってようやく目線が同じくらいの高さになるのです。同じ血筋でなぜこれほど違うのか。世界の理不尽さに怒りを覚えます」
：理不尽なのはアリスだろ
：あーそう着地するの
：同じ血筋？
：姉妹か
「正確には歳《とし》の近いリアル従姉のお姉さんです」
：従姉ね

：ビールケースは約三十センチ
：真宵アリスの公式設定の身長は百五十五センチ
：小柄だな
：ねこグローブ先生がでかい

様々な言葉が飛び交い、コメント欄が目で追えないほど流れていく。

もう見ず知らずの新人のデビュー配信の時間は終わっていた。

リスナーが配信に夢中になっている。他の誰でもない。真宵アリスに対してコメントを送っているのだ。だからわざとキツめの口調でコメントを拾いあげた。

「はあ？　百五十五センチは小柄ではないです。夢のある数字です」

リスナーとプロレスするために。

：キレた
：身長コンプか
：つまり本当の身長は百五十五ない？
：アリス小さい

「小さくありません。この世界が巨人に進撃されているだけです。私は頑張れば百五十に届きます」

：頑張れば？
：百五十に届いていない
：未成年で小さい
：想像以上に若いな
：まさか小学

リスナーとの口喧嘩《くちげんか》のようなやり取りで盛り上げる。

これを配信業界のスラングでプロレスという。生配信に台本はない。コメント欄の内容も様々だ。かといって、こちらも常に喧嘩腰《けんかごし》で反応すればいいというものではない。

だから低身長などの特定のワードにだけ過剰に反応する。そうすることでリスナーに合図を出す。乗りやすい話題だと教えるのだ。ただしプロレスは幕引きも重要だ。声のトーンから幼さを取り、会話のリズムをわざと遅くした。

「誰が小学生ですか。さすがに怒りますよ。そういうのは警察のお姉さんだけにしてください」

これで十分。察しのいいリスナーは引き際もわきまえている。

：女性警察官さんから間違われた経験あるのか
：草
：子供料金でいけそう
：これは警察に顔を覚えられているな

「警察のお姉さんと顔見知りになって、色々話していたのは中学生の頃の話です。高校生になってからはありません。高校は理由《わけ》あって中退して、通信制に切り替えた似非《えせ》女子高生ですけど。それに現在は引きこもって外に出ないので、警察のお姉さんのお世話になる機会もないです」

：警察のお姉さんと顔見知り
：たぶん保護対象認定されている
：年齢は女子高生？
：もしかしてアリスは色々掘ると闇か？

「……闇です。いずれ話す予定ですけど、今は聞かないでください。ちなみにねこ姉とは同居の二人暮らしで、事実上の保護者ですね。虹色ボイス事務所との窓口もねこ姉です」

：了解
：りょ
：親とも離れているんだ
：おい
：そこは流せよ
：……ごめんなさい

リスナーが他者のコメントに注意する行為を自治厨《ちゅう》という。マナーとして良くない行為だが、話題が家庭環境だ。繊細な問題だったために注意してしまったのだろう。リスナーは悪くない。
今回に関しては私の話の振り方が悪かった。変な空気になる前に収束させよう。
「こちらの配慮が至らず申し訳ありません。両親は健在です。不良娘特有の一方的に気まずさがあるだけですよ。最近、私は話していないですけど、ねこ姉はよく連絡を取り合っています」

：よかった
：さっきねこグローブ先生とマネージャーとしか会話していないって言っていたから

：まあ色々あるよな

「そうですね。……うん、いい機会なので両親にメッセージを。お母さんお父さん、私は大丈夫です。まだ引きこもりですし、健全や普通からは遠く、社会復帰できているとは思えません。けれど今日こうして配信を通して、再び社会と向き合おうとしています。色々問題しかない社会不適合不良娘で申し訳ありません。今度は私から電話させていただきます。最後にお二人のことは尊敬し、愛しております」

さらりと普段から伝えていなかった想《おも》いを口にしていた。

これは真宵アリスになりきっているから言えたこと。結家詠では恥ずかしくて言えない本音だ。気恥ずかしいが後悔はない。本当は両親についてまで言及する予定はなかったのに。

慌てて配信の流れを修正しようとするも、もう遅い。コメント欄の反響が凄かった。配信で一度口にしてしまった発言は取り消せない。

：目から水が

：え……何も言えない

：いい子だな

：唐突に感動出すなよマジ泣く

：こんな娘ほしい
：娘に言われてみたい

コメント欄の反応が湿っぽいが、悪感情はない。

リスナーに知ってもらえた。リスナーとの信頼関係はできた。想定の範囲内でリスナーとのプロレスも成功させた。これが真宵アリスの配信だと理解してもらえただろう。

少し素が出すぎてしまったが問題は起こっていない。

今日はもう真宵アリスのパーソナルな情報の掘り下げは十分だ。

「自分から言ったとはいえ気まずいですね。もうちょっと後の時間だったならば強制的に終了させるんですけど、さすがにまだ早い。空気を変えるために他の三期生のデビュー配信のアフレコでもしましょうか。私の唯一の特技です」

アリス劇場デビュー配信の第三部だ。

だからここからは真宵アリスにはなにができるのかを知ってもらう。

：……せやな
：色々感情が追いつかない配信
：堕落型が丁寧口調でいい子すぎる

：アフレコ？

「同期生の配信内容を全部覚えていたら、全員VTuberになった理由を話していました」

：うん？

：なんかおかしなことを言わなかったか。

：配信内容を全部覚えて？

「では最初は桜色セツナさんのデビュー配信二十分三十四秒からスタート」

第六話　デビュー生配信⑤　―バーチャルの怪物―

VTuberになりたい人は多い。

入口が広く始めやすい。必要なのは機材とアバターだけ。上を求めれば切りがないが、始めるだけであればそこまで費用はかからない。準備期間も短くて済む。あとは当人のやる気次第だ。条件だけ見れば自分でも簡単にできそうだとそう思わせてくれる。

そんな敷居《しきい》の低さに惹かれるのか、毎年多くの人がデビューする。新しいことを始めたい。憧れたから。ゲーム配信ぐらいなら。運が良ければ売れるかもしれない。様々な思いを抱えて始めるのだ。しかし大半が現実に打ちのめされて二年も続かない。

もう何年も前からレッドオーシャンな業界だと言われている。

企業勢しか売れない。公然とそう囁かれているが、その企業勢も上手くいっているわけではない。数多《あまた》いるライバルに敗北する。マネージメント不足で管理できない。売れない企業勢から見切りをつけられて終わっていく。いつの間にか消えるプロジェクトも多いのが現状だ。

それでも挑戦者が後を絶たない。

三期生の同期の三人もキラキラした希望を語っていた。後ろ向きな理由しか持たない結家詠とは大違いだった。

「では最初は桜色セツナさんのデビュー配信二十分三十四秒からスタート」

『私がVTuberになった理由ですか。子役をやっていた話はしたと思います。子役から役者になる年齢になって、改めて最初のボタンの掛け違いを直そうと思ったんです。役者になったきっかけ。物心ついた頃の話。少し恥ずかしいのですけど、魔法少女になりたい。そう両親に言ったら子役オーディション会場にいました。なにか違いますよね。ずっと違和感を持ちながら子役デビューしていました』

：声真似《まね》うま
：声どころか一言一句秒単位で合わせている
：マジ？
：これ昨日のライブ配信だろ
：だからアフレコか

『仕事は楽しかったです。でも役者に憧れはなくて。さすがにもう魔法少女はなりたいと思ってない。けれど子供の頃の憧れはまだ私の中に残っていた。近い仕事をしたいとなると候補は声優でした』

：息遣いとか間までそのまま

：配信全部覚えているって

：そういやメイドロボだったな

：なるほどロボか

『前の事務所に相談したら声優の世界に詳しい先生を紹介されて、バッサリ切られました。君では声優に挑戦する子役だった子にはなれても本物の声優とは扱われない。今は才能ある上手い新人がたくさんいる。色付きで単価が高い子役上がりが優遇される業界じゃない』

：うわぁ

：そうだよな

：声優業界は赤い海

：アイドル声優まで含めると新人とかほとんど知らない

『子役の色を塗り変えるためにVTuberになることを薦められました。そこで紹介されたのが虹色ボイス事務所です。顔バレしている現役声優をVTuberとして転生させた成功実績がありますからね。自分の言葉で発信して、多くの人に認められればオファーがくる。子役上がりという色眼鏡で見られることも少なくなる。実力もアピールできるからと』

「以上、虹色ボイス三期生桜色セツナさんの配信からアフレコしました。桜色セツナさんを応援したくなった方はチャンネル登録をお願いします」

：すでにしている
：してくる
：あの長台詞《ぜりふ》一言一句秒も違《たが》わず声合わせるとかマジか
：合わせるだけではなく情感までたっぷり
：本人の言葉かと思った
：同期のチャンネル登録お願いできてえらい
：これは実質コラボ

「次はリズベット・アインホルンさん通称エロフ。リズ姉さんの配信五分十七秒からスタート」

『あたしは十八禁美少女ゲームの声優していたことを、後ろ暗い過去にしたくなくてVTuberになったの。だから隠す気はないよ』

：十八禁

：いきなりぶち込んだよな

：確かにこんな感じだった

：声がさっきと全然違う

：アリスお姉さん声もできるのか

：このあと泣いた

『美少女ゲームの声優は確かに恥ずかしいこともあったね。周りにこのキャラの声はあたしだよ、と紹介しにくい。けど楽しかったんだよね。長現場でいい作品作っていると自信あった。でもある日お世話になっているブランドの社長から「うちは幸い続けられているけど、美少女ゲーム業界は斜陽。若くて才能ある声優は違う道を進んだ方がいい」そう言われてね』

：……そうだよな

：年々縮小している

：好きだったけど今はやる時間もない
：スマホ全盛期でパソコン人口が少ないし

『違う芸名で挑戦しても、声の職業はすぐにバレる。やってきたことを隠したくもない。でも本当につぶしがきかないからね。十八禁分野の経歴だけで避けられるし』

：現実はつらい
：あるある
：地下アイドルとかもそうだって聞く
：特殊職だからな

『虹ボ事務所は社長のコネで面接受けさせてもらったんだよね。VTuberなら異色の経歴も強みに変えることができる。デビューしてからは実力勝負。実力は保証できるから頑張りなさいって。だからあたしは自分の経歴を隠さない。美少女ゲーム業界にも感謝しかない』

「以上、虹ボ三期のリズベット・アインホルンさんの配信からアフレコしました。リズベット・アインホルンさんを応援したくなった方はチャンネル登録をお願いします」

：ちょっとしてくる
：あれ？　気づいたら出演作がダウンロード中だった
：人脈というかそのブランドの社長さんいい人だな
：ちなみにそのブランド作品はこの配信後に急に売れた
：ステマか？
：ステルスじゃないし買って後悔してないし泣きゲーすぎて涙腺崩壊したが
：お……おう悪かった

「次は七海ミサキさんの配信十三分五十五秒からスタート」

『うーん私の場合は憧れかな。他の同期生二人の配信と比べたら陳腐だけど。釣りやキャンプ。夜一人で過ごしているときに人の声が恋しくなってね。最初は声優のラジオを聞いていたんだ。自分と同世代が電波を通して楽しそうに話している。声一つで自分を表現して、多くの人に応援されている。それが純粋に凄いって思えた』

：アリスの声がボーイッシュになった
：憧れる気持ちわかる

：ラジオのパーソナリティは自分で番組取り仕切っているからな
：同世代が看板番組を持っている世界
：そう言われるとテレビのゲストとかよりも特別感があるかも

『その流れで動画のVTuberにもハマった。私もやってみたくなった。自分の力を試したい。でもオーディションは落選続き。やっぱりゲームや歌が得意です。声優養成所に通っています。配信の基礎ができている人が強くてね。アウトドアが得意では場違い感もあってさ』

：大自然の中でわざわざネットの動画を見るのか？
：釣りやキャンプ趣味の人がVTuberの動画にハマることは意外に多いらしいぞ
：夜中暇だし自然ばかりを見ていても飽きるからな
：ある意味最高の贅沢《ぜいたく》
：他も受けて落ちたんだ
：すでにアウトドアはリアルな配信者が多いしな

『でも虹色ボイス事務所は配信だけでなく、企業案件を取れる人材も募集していたみたいで。宿題つきで拾ってもらったんだよね。配信者としては色々ダメだから、ボイトレや歌レッスンが必須。それとは別に釣りとキャンプのレクチャー動画をプロの監修付きで作成してくださいって。それも玄人向けのテクニックではなく、本当に初心者向けのマナーや場所の予約方法から丁寧に。だからライバーよりも投稿が中心になるかな。今は大急ぎで勉強中。でも充実しているし、本当に拾ってもらって感謝しているんだよね』

「以上、虹色ボイス三期生の七海ミサキさんの配信からアフレコしました。七海ミサキさんを応援したくなった方はチャンネル登録をお願いします」

：した
：いつの間にか全員推しになってしまった
：虹色ボイス三期生箱推し
：アリスの声で再現されると中毒性が凄い
：それでアリスは？

アフレコ芸も終わり、当然の要望がコメント欄に届いた。
他の三期生三人の理由を話したのだ。次は真宵アリスの番。そう期待してもらえるように誘導した、わざとこの流れを作った。ここまでの流れは想定の範囲内だ。配信も盛り上がった。

狙い通り注目を集めている。多くの人が私の言葉に耳を傾けてくれている。

こんなに上手くいくなんて思っていなかった。私の計算通りにいくはずがない。どうせ失敗する。そう思っていたから勢いのままここまで来ることができた。

同時接続者数はもう四万人に届きそうだ。この人数ならば目的が果たせるかもしれない。この楽しい時間を失うことと引き換えにして。


私のデビューの理由は聞こえのいいものではない。

夢も希望もない。後ろ向きでどうしようもない。同期生三人の理由を聞いたから余計に理解してしまった。ここは自分が輝きたい人達が集う場所だ。

ディスプレイの中は輝いている。輝きたい人達が集まっている。私にその人達への憧れはなかった。自分が輝きたいと思わない。二期生を襲ったロリコーン事件からもわかるが、配信業はネットの悪意にさらされやすい。輝こうとすれば叩かれる。ディスプレイの外に広がっているのは闇だ。気楽な視聴者が一番いい。そんな風に思っていた、
私がVTuberデビューしたのは、あくまで目的達成の手段に過ぎない。

……そのはずだったのに。


そのはずだったのに……想定外だ。

この配信を始めてから、心の中がワクワクしている。

引きこもりの私が誰かに話しかけることを楽しんでいる。

他者を怖がっていたはずなのに受け入れられることを喜んでいる。

リスナーの皆が楽しんでくれているのが嬉《うれ》しい。

このまま配信を続けたいと願ってしまっている。

配信は想定通りに進んでいるのに、自分の心の変化は完全に想定外だ。


逃げよう。問題を先送りしよう。私が抱える問題は爆弾だ。いつ爆発するかわからない。配信業を続けるにしても障害として立ち塞がる。早く処理したほうがいい。

でも今はダメ。このデビュー配信が台無しになる。周りにも迷惑をかけてしまう。本当に全てが台無しだ。それは避けたい。この楽しい場所を壊したくない。

こんなにも心からやりたいと思えることを見つけたのは初めてなのだ。

だから目的はいずれ必ず果たすにしても今は逃げる。


だが逃げるにしても、なにかは話さなければいけない。リスナーからの要望だ。この配信の流れを作った責任が真宵アリスにはある。だから仮面を外す。

少しだけ結家詠で話すことにした。

「申し訳ありません。今はまだ私がVTuberになった理由は語れません」
これはリスナーに不誠実だった私なりの誠意だ。

：えぇーー！
：そりゃあない
：この流れで
：今はまだ？

「けれど少しだけ。他の三期生と違い、私の理由はいい話ではありません。世界への叛逆。憧れや挑戦などの前向きな理由ではない。自分のために。自分のためだけに世界を塗り替えたい。そんな利己的な理由でVTuberになりました」

：世界への叛逆
：そう名乗っていたな
：ただのキャラ設定ではないと
：伏線的な

「私は基本的に逃げるダメ人間です。現実から逃げて引きこもった。けれどどれだけ逃げても恐怖は追ってきた。逃れられなかった。このままだといずれ私の心が壊れてしまう」

これは本音だった。飾りのない言葉がやはり引かれたのかコメントが一気に少なくなる。

「今も怖い。私は人間が怖い。リスナーの皆様が怖い。知っていますか？　数は力です。数は権力です。白も黒に塗り替えてしまえる暴力です」

コメント欄の流れが遅い。反応が芳しくない。やはり結家詠は出したのは失敗だったかもしれない。けれど一度溢れ出した言葉は止められなかった。

「だから私はVTuberになった。数の力を味方につけて輝くVTuberになる。それ以外に恐怖から逃げるすべが見つからなかったから」

言い切って少しだけスッキリした。

こんなに気分がいいのは一年ぶり。いやもっと久しぶりかもしれない。言いたいことは言い終えたので誤魔化して逃げよう。言い逃げだ。逃げ足には自信がある。

でも最後に残ったお仕事を済ませなければいけない。

「やっぱり白けさせちゃいましたね。つまらない話をしてごめんなさい。個人的には配信をこれにて終了。……と、したいのですが最後に歌わせていただきます」

：いや

……白けたというか
……呑《の》まれた
……これ……どこまで演技？

やらかした気がするのでコメント欄はもう見ない。

パソコンの設定を変えて、歌唱用のライブ画面に切り替える。マイクの調整をして、エコーをかけて。歌うための準備は完了だ。

「実はマネージャーから『デビュー配信で絶対にこれだけはやりなさい』と念押しされておりまして。事前に楽曲の許可とかも取ってもらっているんです。あまり自信はないですし、人前で歌うのも初めて。ねこ姉やマネージャーからは褒められるのですが、正直身内からの評価なので。つたないかもしれませんが聞いてください」

誤魔化すように早口で紹介してマイクを握る。

歌うときは全てを注《そそ》ぎ込む。自分を消して、周りの音もなにもかも意識から外し、歌だけの世界にする。演技やアフレコと同じで自分だけのルーティーンだ。

そして再度コメント欄の流れが止まった。今度は曲が鳴りやむまでずっと。

そして歌い終わる。ゆっくりと瞳を開けた。少し喉が痛い。音を外さなかった。歌詞も間違えていない。でも感情が奔《はし》りすぎた。力の入れすぎだ。

「やっぱり最後に変な空気にしちゃましたね。失敗です。つたない歌で申し訳ありません。次はもう少しできるように頑張ります。次も見ていただけるかわかりませんが、できればチャンネル登録お願いします」

そう言って頭を下げて配信の終了画面に切り替えた。

自己嫌悪だ。最後の最後でパニックに陥った。途中までは想定通りに進行できていたのに、心の変化に戸惑った。余計なことを絶対に言った。

ベッドに飛び込んで丸くなって反省会だ。

：え？　え！　今のなに？
：プロの歌手？
：プロでもごく一部のトップクラス
：鳥肌
：いや……本当に何者？
：何者って歌姫？
：むしろ怪物
：そりゃマネージャーも楽曲用意するわ

：三期生のシークレット枠ってこういうことかよ
：歌唱力やばい
：最後の歌で全部持っていかれたけど前半の演技含め全体的にぶっ飛んでいる。
：今日アリス一人七役やっているからな
：どういうことだ？
：ロボ、ノリのいい暴走型、お姉さんメイド、堕落型丁寧ボイス、同期三人
：七役七声……虹色ボイスに合わせてきていた？
：声色から完全に変えていたよな
：どの声も違和感なかったから気づかなかった

だから結家詠はその後のことを知らない。
デビュー生配信が成功したことを。
終了後も話題となり、驚異の再生数を記録することを。

第七話　雑談生配信①　―フリートークは引きこもりにはつらい―

本日は恐れていた雑談配信だ。


配信内容を決めずにただ話すだけ。

リスナーからすれば演者の日常的な部分に触れることができる。

演者からもコメント欄からも積極的にネタを拾うので会話している感覚に陥る。親近感が湧くためリスナーから需要があるのは知っていた。ときには意図しない失言やハプニングが巻き起こることも多い。するとその場面が切り抜きされて、神回と呼ばれることもある。VTuber業界の定番の企画だ。

VTuberならば誰しもが通る道かもしれないが、どう考えても苦行でしかない。

改めてよく考えてみてほしい。

一時間以上一人でフリートークを行うのだ。

リスナーからはアバターが見えているので問題ないかもしれない。けれど演者からは相手の顔は見えない。コメントを拾い上げているが、カメラに向かって話題を振って、不特定多数のリスナーとトークして楽しませるのだ。

偉業以外になんと言えばいいだろう。

雑談配信が得意な人はすでに人間をやめたプロの陽キャに違いない。

陰キャで引きこもりの人間には不可能だ。

マネージャーから無茶振りされたときは本気でめまいがした。


デビュー配信のあとも何回か配信はしている。

アフレコ生配信という企画物だ。

マネージャーから与えられた名前を売るための企業案件。現在放送中のアニメ『魔法少女を後輩に譲りたい。不老で二十五歳になっても見た目が小学生なのはさすがにきつい』を一人全役で三話まで生配信でアフレコするだけのお手軽企画だった。

放送中のアニメの全台詞を覚えてアフレコするのは結家詠の趣味だ。

真宵アリスにとってあれこそが日常の配信と言えるだろう。

アニメのメインキャストに虹色ボイス一期生の花薄雪《はなうすゆき》レナ先輩がいたからこそ、実現した番宣企画である。

アフレコ生配信でも十分にリスナーから高評価をいただいている。雑談配信をする意味があるのだろうか……いやない。私はないと信じている。

それなのにいつもよりも待機所の同時接続者数が多い気がした。

雑談の配信開始時間が迫っている。始まる前から会話デッキは手札事故を起こしている。もうサレンダーしてもいいですか。引きこもりに雑談できる日常があると思ってはいけない。

事故配信の覚悟を決めて、配信開始をクリックする。

「やる気充電完了。お仕事モード起動。皆様おはようございます。世界に叛逆を目論む暴走型駄メイドロボ真宵アリスです」

明るく元気なヒロインボイスで勢いをつける。

勢いだけの空元気。もう自棄《やけ》だ。

:おはよう
:アフレコ配信見たよ
:一人全役凄かった
:アニメも見ています
:配信サイトでランキング急上昇の立役者

リスナーから話題を振ってくれて助かった。

アフレコ生配信の話ならば私にもできる。

「見てくださってありがとうございます。アニメが面白いですよね。主人公の容姿が幼すぎて店でお酒を買えないから通販で買うシーンとか。見た目でバイトも就職もできない話とか。特に夜歩いていると必ず警察官に声をかけられる主人公の心情を語るシーンは涙なしではアフレコできませんでした」

配信の入りとしては上々ではないだろうか。

：草
：さすがアリスも見た目ロリなだけはある
：力入っていたからな
：警察の声かけがリアル
：本家がラジオで大爆笑
：実体験は強い

ただ他の配信の内容を引っ張りすぎるのはあまりよくない。

コメント欄にプロレス発生ワードがあったが今日のところはスルーすることにした。

「さて本日はアフレコをお休みして雑談生配信です」

雑談しなければいけないので。

：待っていた
：アリスの雑談を聞かないと眠れない体質だから助かる
：雑談は今回が初めてだよな
：夜しか眠れないんだ
：健康で草

雑談配信だからだろう。いつもよりもコメント欄の空気がゆるい。リスナーも雑談する気だ。

「最初にこれだけは言っておきます。陰キャの引きこもりに雑談ネタがあると思うな！」

だからこそ先制攻撃の敗北宣言だ。盛り上げる雑談を期待されても困る。

：冒頭からこれは草
：それを言っちゃおしまい
：確かにねーよな（同類）

「本日の雑談配信はマネージャーからの命令。『雑談配信でもやらない？　もっと真宵アリスのことが知りたい。そういう掘り下げの要望も多いのよ』と言われたので決めました。しかし、私は引きこもり。掘り下げるだけの内容がありません。会話デッキにモンスターカードが入っていませんよ。たぶん私がテンパるだけの配信です。どうしましょう？」

：……おう
：戦える話題がない
：地獄デッキ
：我々はテンパるアリスが見たいのだ

ここでリスナーに噛みつくのは可能だがまだ早い。

一度プロレスを始めてしまうと軌道修正がしにくい。だから却下だ。ずっとプロレスを続ける能力が私にはない。

だからついさっき調べたばかりのカードを開始早々に使ってしまおう。

「そんなわけで私の数少ない会話デッキからデビュー配信で反響があったドラゴンブレイクについて小ネタを披露です。皆様ドラゴンブレイクの意味を知っていますか」

とても弱いカードだ。でも大事なのはリスナーに話題を振り、会話を続けることにある。

：いきなり竜壊か

：意味？
：ドラゴンも破壊する毒物
：脳に直接竜の血をぶち込むんだろ
：致死量のカフェインが入っている

私が愛飲していることはリスナーに知られている。食いつきは上々だった。

「コメント欄でも名前の意味を誤解している人が多いですね。というか私の愛飲している飲料を毒物扱いししないでください」

全く失礼な扱いだった。

確かに海外産を上回るカフェインの含有量だし、癖のある味だけど飲料メーカーさんが頑張って製造しているのに。頻繁に飲んでいれば気にならないよ。

「ドラゴンブレイクは『ドラゴンが休憩するための一杯』という意味です。ブレイクは破壊ではなく休憩。コーヒーブレイクなどと同じです。そして疲れ果てるまで働く多忙な人をドラゴンと呼んでいるのですよ」


：なんだと！

：マジか

：知らんかった
：もっとヤバい由来だと思っていた

リスナーの皆様が盛り上げようとしてくれるのがわかる。

しかしネタの弱さは覆せない。求められているのは知識ネタではない。真宵アリスのトークだ。調べた豆知識ネタを連発しても飽きられるだけで意味はない。

でも最初のカードは次に繋《つな》げる布石として切るものである。

「竜を破壊するなんて危険な飲み物は売られていません。けれど市販されている飲み物でも体質によりあわないことってありますよね。唐突ですが皆様は紅茶派ですかコーヒー派ですか？」

ギリギリだが会話デッキの展開に成功した。

：コーヒー
：紅茶
：コンビニコーヒー
：コーヒーかな

男性リスナーが多いのでコーヒー派が多い。特にコンビニコーヒーが根強い人気のようだ。

「ふむふむ。コーヒー派が多数みたいですね。実は私もコーヒー派です。なぜなら子供の頃から紅茶を飲むと気分が悪くなったので」
：アレルギー？
：紅茶嫌いは珍しい
：いやお茶系は案外聞くぞ
：タンニンとカフェインだっけ
リスナーは博識の人が多い。だからこうやって知識欲を刺激すると話が繋がりやすい。
「知っている人もいるみたいですね。体質によってタンニンやカフェインでも吐き気やめまいが起こす人がいます。私もネットで調べました。でも私はコーヒーもドラブレも普通に飲めるのです。カフェインはもちろんですが、コーヒーの方がタンニンの含有量も多いのですよ。不思議ですよね」
コメントの内容を否定しない。否定されたら気分が悪いのは皆一緒だ。だから一度受け入れて次の会話に繋げることが大切だ。
そうやって楽しい雑談の空気を作る。

：へぇ〜
：じゃあ違うか
：まあコーヒーのほうが多いよな
：どんな飲み物も飲みすぎはダメ

「もしかしたら飲まず嫌い？　最近そう思い立って色々なメーカーの紅茶やコーヒーを買い集めてみました。すると飲めるモノ。やっぱり飲めないモノ。ミルクティーは割と飲める。あれミルクティーでもダメだった。やっぱりコーヒーは飲んでも体調が悪くならない。あっ……このブラックコーヒーはダメだ。などなど色々な発見がありました」

本当に日常で体験したことについて感じたことをそのままに話している。

ネットで調べた付け焼き刃の知識では見透かされてしまうから。

：お〜
：同じ紅茶やコーヒーでもメーカーで違うのか
：苦手な紅茶に挑戦してえらい
：成分じゃない？

反応がいい。でもあまり一つの話題を引っ張ってはいけない。

「結論から言うと、私は人工的な香料がダメだったみたいです。傾向としてミルク成分入りだと症状は出にくいですが、濃いと飲めない。香料で香りを強めているメーカー品は、香りを嗅ぐだけで気分が悪くなる。飲む前にダメだとわかりました。飲めなかった飲料はちゃんとねこ姉に押しつけたので安心してください。無駄にしていません」

大事なのはテンポだ。リスナーが相槌《あいづち》を打ちやすいように会話を展開する。

：香料か
：なるほど
：確かに俺も苦手だわ
：スタッフ（ねこグローブ）が美味《おい》しくいただきました

食べるモノや趣味嗜好《しこう》の情報は共感を抱きやすい。しかしパーソナルの掘り下げというにはやはり弱かった。ただ変化の少ない引きこもりの日常からそれを絞りだすには無理がある。

「さて次はなにを話しましょうか。本当に会話デッキが弱いのですよね。引きこもりですから。ネタがありません。あとは私のネット広告が水商売の求人に埋め尽くされた話とか。部屋で三階建ての巨大段ボールハウスを建設した話とか。ダンボールハウスの最上階で寝ていたら頭に猫耳つけられて、ねこ姉に動画撮影されていた話とか……興味あります？」

：草
：ちょっと待て！　興味しかないんだが
：トークつよつよか
：水商売ってなぜ
：部屋に三階建ての巨大段ボールハウスって
：猫かな
：アリスに猫耳をつけるねこグローブ先生の気持ちわかる

おっかなびっくりのネタフリだったが好評だった。
この後、段ボールハウス建築論は盛り上がり、箱ではなく電化製品の梱包《こんぽう》材として加工された段ボールの便利さを熱く語ってしまった。それに身内ネタは興味を惹きやすいみたいだ。持つべきものはネタの宝庫の従姉かもしれない。

第八話　虹色ボイス公式配信

虹色ボイス一期生。

現役のアイドル声優としても活躍する虹色ボイス事務所創設期のメンバーだ。虹色ボイス事務所の前身は虹《にじ》の架《か》け橋《はし》プロジェクトといい、多種多様なメディアミックスを担うために作られた臨時のVTuberユニットだった。その人気が凄《すさ》まじかったこともあり、その後正式に虹色ボイス事務所として発足したという経緯がある。

ユニット名は虹を意味する『アルコイリス』。竜胆《りんどう》スズカ、胡蝶《こちょう》ユイ、白詰《しろつめ》ミワ、花薄雪レナの四人で構成されている。現在も声優と兼業で活動しており、公式チャンネルで虹色ボイスの看板を背負って配信している。虹色ボイス事務所全体の人気を支える大黒柱のチャンネルだ。

一期生の面々には個人チャンネルが存在しない。配信の収益を考えれば個人チャンネルを開設した方がいい。それでも個人チャンネルを開設しないのは、一期生が配信業に固執しない活動をしているからだ。一期生の強みは誕生の経緯からもわかる通り、メディアミックスを前提とした企業案件にある。

公式チャンネルでの地道な配信活動。声優としてのアニメ出演やイベントの司会などの実績。

高い歌唱力と演技力に支えられたライブパフォーマンスで全国ライブツアーも成功させている。人気と実力と実績。アルコイリスを起用すれば失敗はない、という信頼を勝ち取っている。

今では新作のアニメやゲームの宣伝から地方の観光案内、イベントコラボなど多くの企業案件を請け負っていて、その内容は幅広く、今やオタク業界のポータルチャンネルとも呼ばれており、オタクの一般層からも絶大な支持を受けている。ファンがコアになりがちなVTuberの配信業に頼らない成功モデルだ。

そんな一期生が運営する虹色ボイス公式チャンネルで、虹色ボイス三期生の紹介配信が始まろうとしていた。

今宵《こよい》の配信の司会は竜胆スズカ、胡蝶ユイの二人組。

一期生はユニット活動が中心のため、同じアイドル衣装を身にまとったアバターだ。細部のモチーフが異なっており、名前の花で色分けされている。

深い青色の衣装に身を包んだ竜胆スズカは、名前の通りの竜胆の花飾りでポニーテールにまとめていた。胡蝶ユイは純白の衣装に身を包み、胡蝶蘭《らん》を思わせる鈴なりの小さな花飾りをつけている。髪型はショートボブ。

パンダコンビの愛称で知られており、声優専業時代には二人でラジオ番組のパーソナリティを務めるなど、漫才を彷彿とさせるテンポのいいトークを得意としている。イベントの司会などで引っ張りだこのコンビだった。

竜胆スズカが軽くポニーテールを揺らして、マイクを握った。


「はーい。本日の配信は竜胆スズカことリンリンと」

「胡蝶ユイ」

「改めランランのパンダコンビで配信します」

「勝手に改めるな！　ユイ要素が迷子になって、また胡蝶ランちゃんと呼ばれるだろ！」

「いい加減諦めない？　ランランがあまりに胡蝶ランさんと呼び間違えられるから、愛称がランランで定着したわけだし」

「最初にランランと呼び始めたのもリンリンだが？」

「つまり『ランランと呼んでいいのは愛するリンリンだけだ。だから配信ではやめてくれ』という告白かな」

「はいはい百合《ゆり》営業禁止。前回イケボが好評だったからと調子に乗るな。はあ……もういいや。さっさと今日の配信について説明するよ」

「それでは先日デビューしたばかりの虹色ボイス三期生！　桜色セツナちゃんをどーん！」

スズカが手を広げた方向に桜色の雪結晶が舞い散り、一人の少女が姿を表す。桜の花びらの髪飾りに明るい銀髪は腰まであり、白と淡いピンクのドレスを身にまとっている。その姿は桜の妖精を想起させる。

桜色セツナのアバターが配信画面に登場した。

「…………………………」

「……おい喋らないぞ」

全く動かないセツナを見て、ユイが焦って口をはさんだ。声が聞こえないどころか身じろぎ一つしない。機材トラブルを疑ったユイに対して、スズカがこともなげに告げる。

「そりゃあゲストご本人は呼んでないからね」

「じゃあなぜ無駄な溜めを作って黙り込んだ!?」

「セツナちゃんのアバター可愛いなと思って」

「可愛いけど！」

「さてゲストを呼べなかったので、同じ事務所の特権でアバターだけ召喚してみました」

「えっ……本当にいないの？　今日は虹色ボイス三期生の紹介配信だよね？　同じ事務所の特権ならばご本人登場の流れじゃないの？　一応ここ公式配信だよ」

ユイが疑問に思うのも無理はない。

三期生はデビューしたての新人VTuberだ。アバターと名前を知ってもらうためのとても大切な時期だった。地道に活動しているだけで増えていくほど配信の世界は甘くない。チャンネル登録者数の多いチャンネルとコラボして、多くの人に認知してもらわなければいけないはずなのだ。

公式配信でただ紹介されるだけか、実際にコラボして自らアピールするか。リスナーが応援したくなる効果が高いのは比べるまでもなく後者だ。コラボしない理由はないはずなのだが。

「虹色ボイス事務所としては当初全員集合の予定だったんだけどね」

「ではどうして？」

「三期生全員順調なのよ。デビュー直後から評判もいいし、チャンネル登録者数も順調に増えている。無理にスケジュールを開けて公式配信で紹介するよりも、自分達の配信スタイルを確立させるために時間を使った方がいい。それが虹色ボイス事務所の決定」

「……手がかからない三期生」

「二期生のデビューを公式チャンネルでやったせいで、色々と誤解を招いたからね。二期生が私達の妹ユニットでアイドル活動するとか」

スズカの言葉にユイは額を押さえて項垂《うなだ》れた。

「あったね……そんなこと。二期生のみんなが必死に喋っているのに『ユニット名教えてください』や『歌わないの？』みたいな質問も多くて」

提供されたものが期待と異なると裏切られた気分になる。炎上まではいかなかったが、二期生のデビューでは最初の一歩から躓《つまず》きが生じた。二期生のメンバーが悪いわけではない。虹色ボイス事務所の売り出し方の問題だった。けれどそれで期待外れと評価されるのは二期生のメンバー達だったのだから、一期生としても苦い記憶だ。

「あと三期生が忙しすぎて事務所がアポ取り忘れたらしい」

「完全に事務所のミスじゃん！」

暗い口調で二期生に対して言及したかと思えば、闊達《かったつ》にツッコミを入れて配信の空気を入れ替えた。細やかに表情と声のトーンの変化。高い演技力でリスナーを引き込んでいく。さりげなく問題発生中の二期生に対するフォローをリスナーに意識させていく。

「そんなわけで御本人は登場しませんが、虹色ボイス三期生の桜色セツナちゃんです。子役の氷室さくらちゃんと言った方が有名かもしれません。そんな彼女が心機一転、声優に生まれ変わるための禊《みそぎ》としてVTuber業界に殴り込んだ」

「禊言うな！　それに殴り込みかけたわけじゃない！」

「じゃあ踏み台？」

「……また微妙に否定しにくいところに言及して。子役の氷室さくらではなく、VTuber桜色セツナを見てあげてください。本気で声優になりたい。本当に自分がしたいことを始めたいと頑張っているので」

「はい。必死にフォローしようとするかわいいランランも終わったので、本人からメッセージ届いています。どうぞ」

「あるなら最初からそれを流そうよ！」

配信画面が切り替わり、桜色セツナのアバターが大写しになった。

今度はアバターがちゃんと動いており、その手に手紙を広げていた。

『竜胆スズカさんからの質問を読み上げて答えればいいんですね？　わかりました。……芸歴十年と、虹色ボイス事務所内では最も長い桜色セツナさん。後輩として扱えばいいのか、先輩として扱えばいいのか正直わかりません。とりあえず焼きそばパン買ってきましょうか？』

質問を読み上げた桜色セツナは即座に返答した。

『いりません！　後輩として扱ってください。デビューしたての新人で、一期生の先輩方の後輩！　虹色ボイス三期生の桜色セツナです！』

よほど質問の内容が予想外だったのか少し声が上擦っていた。そこで動画が終わり、公式配信の画面に戻る。セツナの回答にスズカが満足そうにこぶしをグッと握っていた。

「よし！　先輩マウント完了」

「よし！　……じゃない！　なにやってんの!?　ホントになにやってんの!?」

「それじゃあ次にいってみよう」

「公式チャンネルの三期紹介、ホントにこれでいいの!?」

ユイの絶叫が配信に響き渡る。

けれどスズカは気にも留《と》めずに配信を進行していく。

この二人の掛け合いではよく見る光景だ。

「では七海ミサキことミサキチドーン」

スズカが元気よく合図を送る。桜色セツナのアバターが煙とともに消え、今度は光が差すエフェクトとともに緑色のショートカットの女性が姿を表した。後ろの裾が燕尾服のように広がっている巻きスカート。どこか中性的に見える七海ミサキのアバターだ。

「…………」

「…………」

またしても長い沈黙が訪れる。ユイが冷たく問いかけた。

「だからこの無駄な間はなに？」

当然のツッコミにスズカは遠くに視線を送り、重厚な語り口で答えを返し始めた。

「VTuberはシュレディンガーの猫。あなたはアバターの向こうに演者が実在していると思っているかもしれない。本当でしょうか？　実は演者などいなかった。そう、アバターという存在がひとりでに喋っているのかもしれないのだ。ボクらに確かめるすべはないのだから」

「ホラーか！　世にも奇妙な裏話か！」

沈黙の待ち時間にはやはり意味などない。

呆れるユイを尻目に、スズカが重たい口調から一転して軽い口調で紹介を始めた。

「そんなわけで三期生の七海ミサキことミサキチです。とある秘密機関にエリートソルジャーとして育てられた彼女は己の正義を守るために機関から逃げ出した。卓越したサバイバル技術で追手から逃れて旅人となったミサキチ。ついに電波の海に辿《たど》り着《つ》きVTuberとなって表舞台に舞い降りたのである」

「そんな嘘《うそ》設定はないからな！　七海ミサキチャんは釣りやキャンプなどのアウトドア趣味を持つ普通のイケボ女子ですよ。みんな信じて！」

大仰に語られたスズカの捏造紹介をユイが慌てて訂正する。

けれどスズカは悪びれない。

「売出し中の後輩に向かって普通とか酷くない？」

「リンリンが言うな！　知らないところで勝手に設定を増やされて、無茶ぶりされる後輩の身になれ」

「これきっかけでサバゲー入門とか新規開拓するかも？」

「……ないわけじゃないけど、本当に無茶ぶりやめてあげて。今うちのスタッフが、その手があったかと手を叩いたし」

「ではミサキチの次のお仕事が決まったところで本人からのメッセージです」

「ごめんなさい……ミサキさん。私はあなたを守れなかった」

よくある悲劇である。公式配信での無茶振りが本当に実行されることは珍しくない。

またしても配信画面が切り替わり、ミサキが手紙を広げている動画が流される。

『公式チャンネル用のメッセージですか？　これを読み上げるんですね。キャンプが好きになりたいのでホットサンドメーカーください。竜胆スズカより。……え？　これだけ？　え？　本当にこれだけ……なんですね。これを面白く返せば正解？　ホットサンドメーカーはキャンプと関係ないじゃんとか？　今も録音していてそのまま編集せずに流す!?　待ってください！　やり直しを……無理ですか。えと……オススメのメーカーの品を虹色ボイス事務所にお送りします。これでいいの？　本当に？　……VTuberって本当に大変なお仕事ですね』

内容も脈絡もなさすぎる。

後輩へのあまりの無茶ぶりにユイが食ってかかった。

「ミサキさん本当にごめんなさい！　リンリンなにやってんの!?　ねえ!?　デビューしたての新人に仕事内容を完全に誤解させたよ！」

「七海ミサキ様。このあと本当にホットサンドメーカーだけでなく、丁寧な手書きのオススメレシピまで送っていただきありがとうございます。虹色ボイス事務所のお夜食用の共用備品として設置されました。もちろん購入費用は事務所の経費として扱い、七海ミサキ様には購入代金と送料を返金しております」

「すでに届いている……だと!?」

「焼き立てのベルギーワッフルは控えめに言って神だった。実は今までベルギーワッフルってモソモソしてあんまり好きじゃなかったけどね。ホットサンドメーカーにバターをしっかり塗り込んで焼き上げると、あんなにカリじゅわっで美味し——イタッ、痛いよ！　配信に映らない無言のボディブローはやめて！　レバーに響く」

「七海ミサキさん本当にありがとうございました。これはあとでホットサンドメーカーで挟み、こんがり焼いておきます」

「やめて！　黙ってワフパしたことは本当に謝るから！　今度一緒に作ろ！　ねっ？　ねっ？」

スズカは地味なボディブローの攻撃を繰り出すユイから本気の怒りを察して平謝りする。ユイの口調から欠片《かけら》も怒気が漏れていないのがまた怖い。

スイーツの恨みは怖いのだ。

「それでは気を取り直して三人目にまいりましょう。次はリズベット・アインホルンさんです。では――」

「――ストップ。このくだり必要？　さすが三回目は要らないでしょ」

アバター召喚が行われる流れにユイが待ったをかけた。

ここまで二回もアバターだけの召喚の流れを繰り返したが、特に意味があったわけではない。召喚直後に微妙な沈黙が流れるくらいだ。つまり無駄な時間。

ユイの主張は間違っていないのだが。

「要らないかな？」

「本人のメッセージあるなら、それを流せばいいだけだと思う」

「ランランがそこまで強く言うなら仕方ないね」

「いや待って。私は別に強く言ってないし、リンリンが気に入っているなら」

長年コンビを組んだ相手だからわかる不自然さ。この会話の流れに違和感を覚えたユイが引き下がろうとする。

けれど遅かった。

「ごめんねリズ姉。せっかくゲストに来てもらったのにランランが嫌がるから出番カットで」

「ちょっと待った！　リズ姉はゲストに来ているの!?　本人が来ているの!?」

「アバター出せないから音声だけどうぞ」

「くすん。せっかく来たのに出番がないリズベット──』

「──ごめんなさい！　謝るから！　謝るから来ていただいてお願いだから！」

ユイの絶叫が配信に木霊《こだま》した。


配信画面に金色の髪をなびかせ、薄黄緑色のドレスをまとうアバターが手を振りながら登場する。目立つのはエルフの証である尖《とが》った耳。……ではなく揺れる大きな胸。動くたびに揺れる巨乳にアバター製作者のこだわりを感じる。

「そんなわけでゲストの三期生リズベット・アインホルンさんです。みんな大好き巨乳エルフ。通称エロフ。愛称リズ姉です」

「公式チャンネルに呼ばれてほいほい。ついつい出ちゃった三期生のリズベット・アインホルンです。気軽にリズ姉と呼んでください」

「…………」

配信画面の隅でユイがうずくまって『の』の字を書いていた。

背中が煤《すす》けているユイにスズカが声をかける。

「ほら不貞腐《ふてくさ》れてないでランランもなにか言って」

「……あのスカスカ台本に珍しく書いてあったんだもん。かけあい。かけあいから変化をつけるためにリズ姉のアバター登場をやめる。そう珍しく詳細に書いてあったもん。今日は残念ながらゲストの三期生は来られないようです、そうスタッフから聞いていたもん」

結果的に後輩の登場の邪魔をするように仕向けられたわけだ。

そんなはめられたユイに対してスズカが淡々と真実を告げる。

「相変わらずランランは甘いね。公式配信を何年やっているんだか。うちの台本にそこまでちゃんと書いてあったら確実に罠《わな》だよ」

「台本に罠を仕掛けないで！　あと毎回毎回台本が適当すぎるのもいい加減直《なお》そうよ!?　今日の台本ちょっと頑張っている。とか喜んだのに！」

立ち上がって言い返すユイの姿にリズ姉が乾いた笑いを漏らした。

「……スカスカ台本に罠。二期生のカレン先輩とキツネ先輩から聞いてはいましたが本当なんですね。公式チャンネルは魔境。気をつけた方がいい。一期生の先輩方に勉強させてもらうつもりで臨めと」

公式配信の出演にあたり、二期生の紅カレンと翠仙《すいせん》キツネからアドバイスをもらっていたリズ姉だったが、冗談としか思えなかった内容が真実だったことに驚きを隠せない。むしろ嘘であってほしかった。

今回はユイが身代わりとなってくれたので洗礼を浴びずに済んだが、いつ自分も台本に弄ばれるのか恐怖だ。配信中に打ち合わせと異なる展開になり、アドリブで切り抜けることを強要される。普通ならばパニックになり対応できない。それがよくあることで済まされる魔境が虹色ボイスの公式配信なのだ。

ここでは司会のスズカに従うしかない。

「リズ姉は三期生の中で一人だけ二期生とコラボ配信しているんだっけ？」

「今のところゲーム配信しているのがあたしだけですし、耐久配信や飲酒配信に未成年を巻き込めないからってことでお声がけくださったんです。ミサキちゃんもお酒飲めますけど、今は動画作成の勉強でそれどころではないらしいので」

「なるほど。色々あってヴァニラちゃんが活動休止中。リンちゃんもソシャゲのアイドルイベントで全国を回っているから配信お休みだからね。今は二期生で配信しているのはあの二人だけだし、寂しいんだろうね。からみ酒に耐久ゲーマーだけどよろしくね」

「はい。よく面倒を見てもらっています」

配信中なのでスズカは言葉を濁したが、二期生は現在ロリコーン事件の影響で四人中二人が配信できない状況だ。誹謗中傷を受けた黄楓《きふう》ヴァニラはもちろん、黄楓ヴァニラと特に仲の良かった碧衣《あおい》リンも精神的に不安定なため別の仕事を振られている。

そのような事情も呑み込み笑顔で返すことができる。理解力が高く安定性がある。だからこそリズベットは一期生二期生の先輩からもリズ姉と呼ばれているのだ。

そんなリズ姉に、復活したユイが改めて謝った。

「リズ姉。さっきは本当にごめんね。登場を邪魔するようなことになって」

「いえいえ気にしないでください。美味しかったので」

「……おいしい。くっ！　綺麗《きれい》なお姉さん風のリズ姉も芸人種か」

リズ姉もはめた側の人間である。デビューしたての新人をあえて仕掛け人の一人として登場させることで見せ場を作ったというべきか。

悔しそうなユイを相手にせずスズカは話を進める。

「はいはいランランが復活したところで、スタジオに来てくれたリズ姉への質問コーナー。ぶっちゃけ三期ってどうなの？」

「どうなの、と聞かれても質問の意図がわからないのですけど」

「三期生の人間関係が気になるんだよね」

「ちょっとリンリン！」

いきなりの踏み込んだ問いかけにユイが待ったをかけた。

でもスズカは意に介さない。

「ランランも気になるでしょ。全員チャンネル登録者数も順調に伸びていて好調なのに、三期生間でコラボとかしない。ネット上では微妙に不仲説があるんだよね。そこのところズバリ！」

興味本位で暴走しているわけではない。

これも公式配信の役割の一つだ。虹色ボイス事務所にまつわるネット上の噂に切り込むことでデマをぶった切る。曖昧なままで放置すると勝手に真実にされてしまう。そんなネットの性質への対策である。

そのことをリズ姉も理解しているが、答えに困っていた。

「……うーん」

「リズ姉さんも言いにくいなら答えなくていいからね」

ユイから出された助け舟にリズ姉は首を振った。

「いえ、ズバリで言うとすごく良好です。デビュー前から三期生グループチャットは活発ですし、皆いい子で居心地がよくて頑張るぞ！　と気合が入ります」

「ほうほうそれは良かった。でもなにか引っかかる？」

「チャットではやり取りしているのですけど、まだアリスちゃんとだけは誰も直接会えてないんですよね」

「ああ……アリスちゃんは対人恐怖症でコミュ障の引きこもりだって配信で公言していたね」

今や三期生のダークホース。人気の起爆剤であり、けん引役である真宵アリスだが、デビューする前の評価は決して高いものではなかった。

三期生は元子役の桜色セツナをデビューさせるために用意された。その他のメンバーには期待できない。そんな噂がネット上で公然と囁かれていたこともある。不仲説もその流れを受けていた。メインだったはずの桜色セツナと真宵アリスの対立が起こっている。

だからコラボできないのだと。

二人の良好な関係を知っているリズ姉からすれば失笑モノだが。

「別に会っていないことは問題ないんです。アリスちゃんとはグループチャットでつながっていますし、通話で話し込むこともあります。自分から発信するタイプではありませんが、雑談にも乗ってくれて聞き上手。ものすごくまじめでいい子ですよ。返信もマメです」

「そうなんだ。誰と仲がいいとかあるの？」

「やっぱり年齢が近いセツナちゃんですね。よくアニメやセツナちゃんの出演作の話題で盛り上がっていますよ。あとすごく丁寧です。デビュー配信のときのアフレコも、あたし達の配信の『今日の配信でこの部分を』と秒単位で許可を求めてくれました」

リズ姉は嬉しそうに。けれど同時に焦燥を感じさせる口調だった。

スズカはそこにあえて言及する。

「そのときになにかあった？」

「……アリスちゃんって演技力だけではなく洞察力が凄いんです。許可を求められたときに『これであっていますか？』とあたしがなにを考え、どんな感情で話していたのか確認されました。それがあまりにも的確で……一度聞いただけでここまでわかるの？　と、そのときは驚くばかりだったんですけど」

「けど？」

「アリスちゃんのデビュー配信を目のあたりにして反省しました。全て必要なことだったと気づかされたんです。一言一句に感情と意味を込める。間や息継ぎ一つで空気を作る。どうすればリスナーに伝わるのか、話し方が息継ぎまで全て考え抜かれていた。あたしの話した内容のはずなのに、あたしの言葉よりも心に届くように洗練されていた」

そこにあったのは同期生への憧憬だ。ただ憧れるだけではない。必ず追いつく意志を感じさせた。

「確かにアリスちゃんのデビュー配信は凄かったね」

「はい。だから同時に悔しかった。あたしだけではない。この前話したらセツナちゃんとミサキちゃんも悔しかったみたいです」

「悔しい？」

「三期生の好調はアリスちゃんデビュー配信のおかげ。あのあと一気に登録者が急増しました。あたしだけではなく他の二人も。アリスちゃんは確かにアフレコも歌も上手い。でも本当に凄いのはそこではない。配信に臨む姿勢。話し方一つからあたし達と違った」

「うんうん」

一期生二人が相槌を打った。聞き流しているわけではない。なにも言う必要がないだけだ。

同期の配信を見てそこまで考えているのであれば口をはさむ必要もない。

「登録数は伸びましたが今の評価は分不相応。だからとにかく頑張ってあたし達が評価に相応《ふさわ》しい人間にならないといけない。まずはアリスちゃんを見習って声の力、伝える力を鍛える。演技も基礎から勉強しなおすぞという感じですね。メラメラ」

「熱い！　三期生が熱血だ」

グッと拳を握りしめるリズ姉の背後に炎のエフェクトが現れる。

その熱気にスズカが後ずさった。

「今の目標は収益化配信です。それまでに自力を高めて、自分達の配信スタイルを確立させる。そして胸を張ってアリスちゃんに会おう。そうアリスちゃんを除いた三期生三人で誓ったんです」

リズ姉の熱い語りが終わった。

声の力を鍛えなおす。その宣言に通り、リズ姉の話し方は流暢《りゅうちょう》で聞き取りやすくなっていた。

なにより感情や想いが心に届く。まだ一ヵ月も経っていないのにデビュー配信時と比べれば雲泥の差があった。宣言通り心構えが違うのだろう。

チャンネル登録者数急増はアリスのおかげかもしれない。しかしその後の伸びと評判の良さを持続しているのは間違いなく本人達の努力の成果に違いない。

「ずいぶんと収益化配信を強調していたけどなにかあるの？　重要なのはわかるけど」

「収益化配信後にもしかしたらアリスちゃんと直接会えるかもしれないんです」

「そうなの？」

「アリスちゃんが対人恐怖症で引きこもりなのは本当です。けれど収益化したらさすがに今のままではいられない。アリスちゃんのマネージャーからは収益化したらテコ入れすると聞いています。どうもアリスちゃんとそういう約束みたいで」

収益化すれば多額の金銭が動くだろう。未成年だろうと社会人として扱われる。

さすがに事務所にも顔を出せない引きこもりのままではいられない。

「ふむふむ収益化が一つの区切りだね。それまではアリスちゃんとコラボをしないと」

「アリスちゃんだけではなく三期生の間でコラボはしません。三期生初めてのコラボは四人全員で集まろうと決めています」

「なるほど。不仲説は完全否定。三期生の結束力は高いと」

「ですね。あっ！」

頷いたリズ姉だったが、ふとなにかに気づいて声を上げた。

「どうしたなにかあった⁉」

「……さっきのコラボ云々《うんぬん》はアリスちゃんを除く三人で決めたことなので、肝心のアリスちゃんの許可を取ってないかも」

「もしかして三期生の不仲説払拭ならず？」

「本当に仲良しです！　公式チャンネルで配信される前にアリスちゃんと話してきますから！」

「最後に一抹の不安が残ったけど、まあ大丈夫でしょう！」

そう言ってスズカが話を切り上げた。

「それではゲストの三期生リズベット・アインホルンことリズ姉さんでした」

「色々と内情を聞いちゃってごめんね」

「あたしも三期生不仲説は解いておきたかったので助かりました。実はセツナちゃんがかなり気にしていて。セツナちゃんはアリスちゃんのことを本当に慕っていますからね。アリスちゃんとどれだけ仲がいいか。そのことを熱く語る配信をしようか悩んでいるみたいですし」

「それはちょっと見てみたいかも」

「……ははは。あたしとしてはセツナちゃんが動き出す前に公式配信で否定できてよかったです。本日はありがとうございました」

「また来てねリズ姉」

リズベットが登場と同じ笑顔で手を振り、消えていった。ちゃんとゲストとして呼んだ三期生の話の内容はとても濃くこれからの活躍を期待させるものであった。

「…………」

「……………」

リズ姉が去ったあとに沈黙が流れる。ユイはスズカの出方をうかがっているが、肝心のスズカが動こうとしない。さすがにこのまま沈黙が続くのはまずい。

「アリスちゃんは？」

「三期生が会えてないのに、引きこもりの真宵アリスちゃんが公式に出てくれるとでも？」

「だよね！　それでもさっきまではドーンとやってアバターを召喚していたよね」

「でもランランに不評みたいだし」

「まだ引きずっていたの⁉」

予想外の理由にユイが驚愕《きょうがく》の声を上げる。

そのリアクションに満足してスズカが腕を組んだ。

「まあ冗談だけど。実はアリスちゃんのアバターは配信スタートからずっとスタジオにいたのだよ」

「え？　どこにもいないけど。……まさか」

バストアップアングルだったカメラが遠ざかり、配信部屋の全貌が映し出される。その一番端の壁際に『やる気充電中』の文字を浮かべた真宵アリスのアバターが体育座りしていた。

「な……なんて無駄な演出を」

「そんなわけで真宵アリスちゃんです。人類に叛逆を目論む駄メイドロボとして衝撃のフライングゲリラ配信でデビュー。同期生の配信を声真似でアフレコして、驚愕の歌声を披露。その後も、現在放送中のアニメ丸々一本を一人全役でアフレコ生配信するなど多芸。一度見聞きしたものは全て覚えて、自分の声で再現できる特異能力を配信中にぽろりと漏らし、本当に人間？　実は本物のメイドロボでは？　など話題に事欠かない突如として登場した虹色ボイス三期生のダークホースです」

「…………………」

スズカが長いアリスの紹介文を一気に読み上げた。

だがいつまで経っても待ち望んだ反応がない。

「あれ……ランランのツッコミがない？」

「……リンリン。ツッコミは相手がおかしいことを言ったときに入れるものだよ」

至極真っ当な主張ではある。あるのだがスズカも真顔で返した。

「アリスちゃんの紹介は事実の羅列だけでおかしい」

「確かにそうだけど……っておい！　いいの!?　それ言っちゃっていいの!?」

「ではアリスちゃんの紹介ですが、実はセツナちゃんやミサキチと違って動画を用意しておりません。電話で質問したので録音した内容をどうぞ」

「……アリスちゃん電話には出てくれるんだ」

――プルルルル、ガチャ

『オレオレ、オレだけど――』

『――ブチッ』

録音は電話の呼び出し音とスズカの声だけで終了した。

あまりにひどい内容に沈黙が訪れる。


「…………」

「…………………」

「無言で切られてんじゃん！」

「テイク一の失敗だね」

「なんで開口一番を詐欺風味にしたの！」

ユイから当然の追及がきたが無視だ。録音には第二弾がある。

「それではテイク二」

――プルルルプルルルル、ガチャ

『ごめん、さっきのはつい――』

『お客様のおかけになった電話番号は現在使われておりません』

機械的な音声に負けてスズカが静かに電話を切る。そんな模様が記録されていた。

「着信拒否されたの!?」

「甘いなランラン。本当に着信拒否されたら相手が通話中になっているか違うアナウンスが流れるんだよ」

まるで着信拒否されたことがあるかのように無駄知識を語るスズカに、ユイは冷たい視線を送る。

「……じゃあさっきのは?」

「アリスちゃんの声真似」

「……なんて芸達者な」

着信拒否はされておらずアリス本人が電話に出て話していたらしい。

「私もこの録音のあとで調べて知ったんだけどね」

「……やっぱりこのときはリンリンも騙《だま》されて切ったのか」

「それではテイク三」

「今度こそは成功させてね！」

――プルル、ガチャ

『もしもしこの番号はアリ――』

『――竜胆スズカ先輩さっきの電話はすみません。ちょっと悪戯《いたずら》がすぎました』

『悪戯？　よくわからないけど、この電話はアリスちゃんでいいんだよね？』

『はい、あっています』

『それじゃあ質問だけど……パンツの色は？』

セクハラにしか聞こえない質問。これは女性VTuber電凸企画の悪《あ》しき因習だ。多くの女性VTuberが経験するお決まりのネタ質問と言える。だから真宵アリスも躊躇《ちゅうちょ》なく答えた。

『黒です。普段からメイド服しか着ない生活なので、メイド服の色と合わせて黒か白しか持っていません』

『ちょっと待って！　質問の答えより驚愕の情報が舞い込んできたんだけど、それはアバターの設定の話？』

『ん？　私の普段着の話ですけど』

『メイド服が？』

『外には出ない断固とした決意で引きこもったので。普通の服は全て実家に置き去りにしました。だからメイド服以外の服を一着も持っていません。不退転で不外出の決意ですね。メイド服しかないから家から出ません。今ではメイド服だけで二十着以上持っています』

『お……おう。質問に答えてくれてありがとう』

『これで終わりですか。ありがとうございました』

「…………………」

「…………………」

テイク三の録音が終わったが二人ともなにも話せなかった。

予想を大きく上回る衝撃的な回答に、電話で話していたはずのスズカもフリーズしている。

長い沈黙のあと、とても遠い目をしたユイが口を開いた。

「……どっからツッコミを入れればいいの？」

「想像以上だったぜアリスちゃん。さすが虹色ボイス三期生のダークホース！」

「これが世界に叛逆を目論む駄メイドロボ……世界がヤバい」

こうして公式配信による三期生の紹介は驚愕とともに終わりを告げた。

第九話　雑談生配信②　―遺伝はでかい―

まろ便。

ネットで活動する人にとっては必須の情報発信ツールになっているつぶやき便から派生したサービスだ。ネットのメッセージアプリには誹謗中傷がつきもの。多くの人に開かれたサービスはいいことなのだが、多くの人が参加すれば一定数は悪意ある人もいる。絶対数が増えれば悪意も増えていく。

質問を受け付けますなどと告知すれば、不特定多数の人からの悪戯や誹謗中傷が届いてしまう。こうしたネットサービスの弱点は今や社会問題にも発展していた。

そこで登場したのが人工知能を用いて、悪意あるメッセージを弾いてくれる匿名質問サービスだ。

言葉の刃をまろやかに。それがまろ便である。

「やる気充電完了。お仕事モード起動。皆様おはようございます。世界に叛逆を目論む暴走型駄メイドロボ真宵アリスです」

ヒロインボイスで元気よく笑顔を振りまき、カーテシーを決める。カーテシーは元気な口調とは合わないのだが、なぜか要望が多かったので開始挨拶ルーティーンに組み込まれた。

：おはよう
：夜だけどおはよう
：仕事終わりだけどおはよう
：今起きたからおはよう

挨拶をすると、多種多様な挨拶コメントが勢いよく流れていく。

すでにデビュー配信から一ヵ月以上経ち、すでに見慣れた光景だ。……嘘です。慣れるはずがない。胃薬の量は減ったけど、相変わらず毎回吐きそうになっている。

「今日は事前に告知してあった通り質問にお答えする配信です。まろ便にお便りが溜まりに溜まっている。いい加減答えなくていけない」

声のトーンが一気に下がり、アリスの目が死んでいく。

「そう決意して今回の配信を決めたのに告知でさらに質問が殺到。しかも虹色ボイス公式配信で行われた三期生紹介でさらに増える。全て目を通すのが大変すぎて、マネージャーのお酒の量も増える始末です」

とっくに答えられる量を超えていた。

かなり厳選したのだが、その厳選にも手間と時間がかかるのだ。その仕事量にマネージャーがやさぐれるのも仕方がない。

::草
::マネージャーさん肝臓お大事に
::あの虹色ボイス公式配信は腹抱えて笑った
::リズ姉のあとだったから特に
::一筋縄ではいかない一期生をメイド服テロで沈黙させた三期生
::普段着がメイド服という衝撃の暴露だったな
::やっぱり引きこもりを公言するなら服を全てメイド服で統一しないとね

コメントも勢いよく流れていくが、今日の配信に読み上げる時間はない。

なにせ本当に質問が多すぎるからだ。

「それではまろ便に多く届いた質問から読んでいきます。圧倒的一位はこれ」


@歌枠やらないの？

@アリスちゃんの歌をもっと聞きたいです

@余命幾ばくもない想像上の妹がアリスちゃんの歌で成仏したいと言っています
@アリスちゃんの歌で死んだはずのおじいちゃんが戻ってきました

：やっぱり質問一位は歌か
：俺も聞きたいうちの一人
：アリスの歌は天まで届いたんだな
：これ歌わない方がいいのでは？
：イマジナリーシスターにレクイエムを
：成仏するのか戻ってくるのか

圧倒的に多かったのは歌枠の希望だ。

私は信じられなかったが、ねこ姉とマネージャーはどこか得意げだった。喜んでもらえたのは嬉しいが、今一つ歌に自信がないので正直困る。

「私の歌がご好評いただけたようでありがとうございます。ですが当方の準備不足もありますので、しばらくは歌の予定はありません」

：そんなー

：アリスも配信で自信ないって言っていたからな
：いやマネージャーなら準備してくれるはず
：マネージャーも酒の量が増えるくらい仕事を抱えているから難しそう

「マネージャーからはいつでも歌の準備を欠かさないように。と脅され……いえアドバイスをもらっています。私も無駄にはちみつを買い集めたり、オンラインでレッスンをしたり、発声の勉強をしたり、腹筋に効くトレーニングをしたり、風船を膨らましたり、バルーンアートに挑戦したり。色々と準備は欠かしていません。今では複数の色風船を組み合わせて十二支制作に挑んでいます！」

最後は冗談だが頑張っているのは本当だし、マネージャーの熱量が高いのも本当だ。

：脅され？
：ハチミツは喉にいいからね
：アドバイスに訂正できてえらい
：やっぱりマネージャーは歌わせたいんだな
：完全に風船を膨らませることからバルーンアートにそれている
：十二支ワロタ

「それでは第二位。私は怒っていますからね。これに関しては言っておかなければいけないことがあります」

@パンツの色は聞いたのでブ……いえなんでもありません
@ブラの色をと思いましたがやめておきます
@ブラは……つけてないですね

公式配信で答えたせいだろう。よくある悪ノリだ。そこまでいい。……いいのだが。
「どうしてこれが二位なんでしょう!?」
さすがにつけてないは失礼すぎないか？

：大草原
：声に出してワロタ
：普通にコーヒー吹いてキーボードがヤバい
：まあちっさいからな（あくまで背の話です）

「ほほう……コメント欄も決めつけている人が多いのですね。でも貧乳スキーさんにごめんなさい。私は昔の言葉で言うところのトランジスタグラマーなのです！　背が低くても胸は……って背も小さくないっ！」

：アリス怒りのノリツッコミ
：トランジスタグラマー？
：昭和の言葉で背が低くてもグラマラスな女性のことで令和だとどういう意味か知らない
：やっぱり令和だと意味がちがうのか
：無理しなくていいよ？
：つけてなくても恥ずかしいことじゃない

「誰も信じてくれないだと！　本当に平均よりもありますよ。一応配信前にねこ姉に手伝ってもらって測ったけどEの六十だし。このサイズだとブラのサイズがあまりなくて、つけているのはスポーツブラだけど」

：Eカップだと！
：バスト六十？

：アンダーね
：男にはわからないだろうけどすごく細くて大きい
：アンダー六十だと種類ないよね
：病的な細さ
：背の低さ考えると妥当じゃない？

女性の書き込みと思われる解説が一気に増えた。
普段から書き込んでいた人達の書き込みが消える。層が違うのだろう。茶化すのもネタにするのもいいが、本格的な下着の話はダメらしい。
「お姉さま方解説ありがとうございます。ふふん。私の貧乳デマもこれで晴れた」

：アリスが巨乳？
：いや虚乳
：虚乳か……なら安心した
：ふう一瞬世界の法則が乱れたかと思った

けれどすぐにコメント欄が虚乳勢の浸食を受ける。

「だからなぜ信じない！　本当だからね！　血筋だからね！　背は引き継がなかったけど家系的に大きいの！　ねこ姉なんて――」

【ねこグローブ】：アリスちゃんストップ！　ダメ！　晒《さら》し行為はダメだよ！

：身内からのインターセプトきた
：遺伝なら本当に大きいのか
：それでねこグローブ先生のサイズは？

ねこ姉からのストップがかかってしまったので仕方がない。
ここは婉曲《えんきょく》にお伝えしよう。
「……こほん、ここで小噺《こばなし》を一つ。これは数年前の話。コスプレにハマっている女学生がおりました。とある真夏の祭典で自作の衣装に身を包み、お気に入りの男性キャラになりきる女学生。そこで事件が起きる。パンという破裂音。女学生の前にいた男性が倒れたではありませんか。女学生は胸を押さえて蹲る。なんだなんだと仲間が集まった」
パンパンと机を叩き雰囲気を出す。

「飛んでいったのは胸元のボタン。コスプレ仲間の女性が呆れながら言います『ちゃんとサラシを巻いておかないから』。それに反論する女学生。『ちゃんとサラシは巻いていたの。でも汗で緩んだみたい』。コスプレは無理せず自分の体型にあったものにしましょう。サラシに頼りすぎてはいけません」

許せねこ姉。私の名誉がかかっていた。

【ねこグローブ】：……うぅアリスちゃんのバカ
：話うま
：実話か
：これぞアリス劇場
：サラシはダメだな

「ちなみにこのお話は、お酒に酔ったねこ姉とマネージャーから聞きました」

：草
：コスプレ仲間がマネージャーか
：ねこグローブ先生とマネージャーは本当に仲がいいんだな

：元コスプレイヤーという衝撃の事実
：だからアリスはメイド服なのか
：なるほど遺伝はでかい（確信）

胸のサイズについて納得してもらったところで次にいこう。

「では第三位！　公式配信後に急浮上したこれです」

@普段着がメイド服ってマジ！
@引きこもりの決意のためにメイド服しか持っていないと聞きました
@メイド服でも外に出ていいんだよ……ハァハァ

「最後のまろは引きこもりに対する私の決意を強固にしてくれたので、あえて載せました」

やっぱり外は危険だ。

：おい
：まあこの質問はいくよな
：一期生も衝撃の普段からメイド服

：不退転で不外出の決意

リスナーの食いつきもよく質問も多かった。その中には疑う声もある。

嘘と思われるのも癪《しゃく》なので私の日常を少し語らせてもらおう。

「これに関しては公式配信で語った通りなので、全て実話です。服はメイド服しか持っていません。寝る時もメイド服。メイド服からメイド服に着替える日々です」

本当のことだから正直に答えた。

もちろん寝巻は生地の薄い寝巻用のメイド服だ。

「マネージャーからは『ねこグローブ先生の家で飲むと、常にメイドがいて変な店に迷い込んだかと思う。けどここ以上に接客が良くて、ツマミも美味しい店を知らないの。メイドさんツマミ追加で』とご好評いただいております」

ついでにマネージャーのお酒の量も増えているので配信で牽制《けんせい》しておく。

：マネージャーうらやましい

：ちょっとその店紹介してくれ

：アリスがツマミ作っているの？

：メイドの接客

料理についての質問はメイドの嗜みの範疇《はんちゅう》。

もう少し掘り下げていいだろう。

「ねこ姉の家に転がり込んだ身ですから、家事は全てやっていますよ。こちらに住んでから料理のレパートリーが増えました。内容がお酒のツマミに偏っている気はしますけど。たこわさとか、塩辛風のイカ刺しのワタ和《あ》えとかも家で作っていますよ」

お酒のツマミ系レパートリーは本当に多くなった。

：マジ？
：あれ家で作れるの？
：呑み屋でしか作られないラインナップ
：メイドロボだから家事できるか
：駄メイドロボ設定は一体？
：有能すぎる

「それでは次いってみましょう」

まだまだ答えなければいけない質問が大量にある。

今日はあまり深く悩むことなく次々答えていく方針だった。私に関することから大喜利、なぜか送られてくるショートストーリーの読み上げなど。まろ便に送られた質問には大体答えて、コメント欄での質疑応答も終わった。

今日のノルマ達成だ。

「ではではお仕事モード終了です」

：お疲れ
：楽しかった
：雑談も普通に面白い
：今日も事件が多かった

雑談生配信も無事終了したが、今日はまだ終わらない。お仕事モードの勢いで告げようかとも思ったが、デビュー生配信のときに「今はまだ話せない」と引っ張った話題だ。

お仕事モードで告げるのは筋が通らない気がした。

「最後になりましたが、皆様に告知があります」


：あれまだあるの？

：声のトーンが落ち着いている
：この声は堕落型だな
：まじめな話が多い堕落型

言ってしまえば後戻りはできない。

「配信を始めて早一ヵ月が経ち、収益化もほぼ決定と聞いています」

収益化は配信者にとっての大事な節目だ。ここで言えなければ。たぶんもう二度と言い出す勇気を持てなくなる。それではVTuberになった意味がない。

：早いな
：そろそろだと思っていた
：デビュー配信で条件突破しているからな
：妥当
：企業VTuberなら珍しくもない
：何回もバズっていると審査も早いとか

私の過去。私の抱える問題はVTuberとして人気を得たことで、さらに深刻になった。

もう恐怖に耐えることができない。不安で鼓動が早くなり、深夜に汗だくで目が覚めることがある。自分の知らないところで世界が変わる。私はそれを経験している。
「そのため次回は収益化記念生配信となると思います」

：やった
：歌ある？
：有休とっても見る
：なんか声が真面目だし重大告知？

「残念ながら歌はありません。私にとっての重大発表です。皆様は覚えているでしょうか？デビュー配信のときに『今日はまだわたしがVTuberになった理由の詳細は語れません』と言ったことを」

：覚えている
：忘れられるはずがない
：あの話インパクトが強かったし

今は私の話をちゃんと聞いてくれる人がいる。

耳を傾けてくれる人がいる。それだけで勇気がもらえた。

「……覚えていてくれてありがとうございます。皆様にとっては大した話ではないかもしれない。けれど私にとっては重大で、引きこもるきっかけに関わる話です。毎晩夜に怯《おび》えて、毎朝自分の無事を確認して安堵する。私はそんな悪夢を晴らすために、世界に叛逆して塗り替えるためにVTuberになりました」

コメント欄はすっと引いている。同時接続者は減っていない。デビュー配信のときは必死すぎてわからなかった。リスナーはちゃんと耳を傾けてくれている。

だから自然と言葉が出てきた。

「収益化記念ライブ配信では話をしようと思います。全ての始まり。私の身に降りかかった不幸。私が抱える問題」

やっと言える。もう怖くない。配信を重ねていつの間にかリスナーを信じていた。

「ネット冤罪《えんざい》について」

今なら私の言葉がちゃんと伝わる。皆に届くと。

第十話　回想——引きこもりの少女

ネット冤罪に打ち勝つにはどうすればいいだろう。

引きこもっている間ずっとそんなことを考えていた。でも戦い方すらわからない。戦う方法さえ見つかればまた歩み出せると信じていた。

冤罪。通っていた高校で発生した事件について、私はなにも知らない。

当事者でもなければ関係者ですらない。面識がない。名前も知らない赤の他人が起こした事件だ。完全なる部外者だった。それなのにネット上で私は事件の当事者の一人にされていた。被害者も加害者も未成年の匿名報道。誰もが憶測でそれらしいことをネットに書き込む。そしてそれを真実だと思い込む。

もしも私が誹謗中傷にさらされていたのであれば、戦う手段はあったかも知れない。けれど私の役どころは加害者でありながら悲劇のヒロイン。書き込みも同情的だった。

それならば問題ないのでないか。そう思うかもしれない。

だが想像してみてほしい。なにも知らないのに悲惨な目に遭ったことにされている。名前も知らない異性と交際して関係を持ったことになっている。そして追い詰められた末に事件を引き起こしたとされている。全く見に覚えがないのに。

事件は全国区のテレビでも取り上げられた。センセーショナルな事件としてデマとともにネット上で拡散した。結果として学校の評判を大きく下げた。マスコミの前で学校側が謝罪会見を開かなければいけないほどの大事件だ。関係のない在校生は被害者だ。本来ならば私もその立場のはずなのだが、在校生も詳細を知らないのでネットのデマを信じていた。

『お前らのせいで』

少し調べれば真実はわかるはずだが、一度抱かれたネガティブな印象は消えない。なにかあるはずだと疑われ続ける。在校生でさえそうなのだ。ネット上で面白がっていた人に言葉が届くとは思えない。それにネットの話題なんて水物だ。過ぎた過去の話題になんて当事者以外誰も興味がない。蒸し返して冤罪だと主張したところで無視されるだけ。言葉は誰にも届かない。想いはちゃんと理解されない。

私は他人が怖くなった。

未成年であろうとネットで本名が拡散されていないとも限らない。学校関係者が情報を流した可能性もある。一度流れた情報は消えない。違う学校に転校して場所を変えたとしても疑われ続ける。何年も経ち社会に出てもずっとつきまとう。

私は結家詠でいることが怖くなった。

「ふわぁ。……んしょ」

あくびをして顔を洗う。実家を飛び出して、ねこ姉の家での引きこもりライフ。

私の朝は早い。悪夢が怖くてあまり眠れないのもあるが、生活リズムを堕落させることに忌避感があったからだ。

「今日は水回り清掃の日だから撥水性《はっすいせい》の高いメイド服」

メイド服からメイド服に着替える生活にも慣れた。家事を一手に引き受けるのに、これほどふさわしい服は他にない。なにより外出を強要されないのがいい。

お風呂とトイレとシンクの清掃を終えて、二人分の朝食の準備をする。コーヒーメーカーをセットしたら、フローリングの床に掃除機をかけ始める。するとねこ姉が掃除機の音に負けて部屋から出てきた。寝起きでぼんやりしている。

「ねこ姉おはよう」

「うたちゃん……おはよう。ふわぁ」

大きなあくびに豪快な髪型。イラストレーターという昼夜関係のないお仕事をしているねこ姉の生活リズムは、私が来るまで乱れきっていた。今は私と一緒に食事をするために少しまともになってきた。ねこ姉が食卓につくと、私は持っていたヘアブラシでねこ姉の髪の毛を梳《す》く。

朝食はねこ姉の髪を整えてからだ。

「最初にメイド服を渡した私が言うのは変かもしれないけど。うたちゃんはメイド服以外を着ないの？　違う服も用意しているよ」

「メイド服だけでいい」

「そっか」

ねこ姉は私の言葉を尊重してくれる。だから提案はしてもすぐに引き下がる。

私は別にメイド服を気に入っているから着ているわけではない。役割が欲しかったのだ。

ドレス効果。制服や仕事着などをまとうと役割を得た気になる。

メイド服ならば家事や身の回りの世話。あと給仕。「萌《も》え萌えきゅん」などと言うつもりはないがサービス精神が出てくる。

結家詠以外の役割を求めていた私にとってメイド服はちょうどよかった。

メイド服を脱いでしまうと、自分がなにものなのかわからなくなる。


朝食を食べ終えて食器を洗っているとねこ姉が私の様子をうかがっていた。

「ねえ。今日はなにするの？　またアニメのアフレコ？」

引きこもっている間、私は時間があればアニメを見て、そのセリフを全て覚えてアフレコしていた。ジャンルは問わない。でも主人公が自分の意志で進む話がいい。その主人公になりきっている間は自分も強くなった気になれるから。

でも今日はアフレコの気分ではなかった。こういう日は自分にできることを増やすことにしている。なにかを始めないと、なにもしない怠惰な日々を繰り返してしまうから。

「今日は料理のレパートリーを増やそうと思う。珍しい食材を頼んだし」

「そっか。ならお酒に合う料理がいいな。白ワインとか」

「いいけど。ねこ姉ってお酒を呑むの？　見たことないけど」

「うん。最近は呑んでいなかったけどね」

未成年の私に合わせてくれていたのだろう。色々気を使わせてしまっている。これはお酒に合う料理を頑張らなければいけない。

「実は今度うちに私の呑み友達を呼ぼうと思ってね」

「……え？」

「安心して。私の学生時代からの親友で絶対に信頼できる奴だから。うたちゃんの事情も話してある。家に引きこもっているのはいいけど、たまには私以外の人とも接しないとね」

それが私とマネージャー、そして虹色ボイス事務所との出会いだった。

結論から言えば、ねこ姉が親友と呼ぶ女性は人間的にはなにも問題はなかった。

ねこ姉の元コスプレ仲間の相田愛《あいだあい》さん。見た目の通りの優しい人。でもどこか親父《おやじ》臭くて親しみやすい人だった。お酒が入ると特に親父臭さが増す。ベタベタ抱きついてきたり、ヒラヒラしたものが気になるのかスカートめくりしてきたり。

ねこ姉から距離感を探っているだけだから適当で大丈夫と教えられてからは、私もぞんざいに対応した。するとねこ姉の言葉通り、引き際が上手くリアクションが面白い。私もすぐに馴染んであい姉と呼ぶことになった。相田さんと呼ばれると悲しそうだったので。

あい姉の勤め先はVTuberのマネージメントをしている虹色ボイス事務所だ。ねこ姉もイラストのお仕事をもらっているお得意様。これまでは営業の仕事をしていたのだが、今度デビュー予定の虹色ボイス三期生のマネージャーの一人になるらしい。

「そんなわけで詠。VTuberやってみない？　今なら私の裁量で枠を用意できるけど。もちろん事務所から指定された音声データをいくつか用意してもらう必要があるけど」

「……遠慮します」

「そっか遠慮されちゃったか。詠の歌唱力とアフレコ芸なら上も納得すると思ったのに。まあ気が向いたらいつでも言ってね。それまでねこを仮採用で置いておくから」

「ねこ姉を？」

「臨時の仮採用よ。ねこはそれなりに名の知られた現役イラストレーターだし、あれで喋れるからね」

私が断ったらねこ姉がデビューする二弾構えで私に席が用意されている。

つまりこのめぐり合わせはねこ姉に謀られたわけだ。あい姉は私を見定めていたのかもしれない。私はお眼鏡にかなったのだろう。そうでなければいくらねこ姉に頼まれたからとはいえ無責任にVTuberには誘わない。付き合いの中でそれぐらいはわかる信頼関係ができている。最初に誘われたのはねこ姉で、私を誘う条件付きで返事を保留したというところか。

私としても引きこもり生活はいけないとわかっている。ねこ姉を責めるつもりはない。あい姉のことは嫌いじゃないので、紹介してくれたことは歓迎している。なにせ真っ当な社会人だ。ねこ姉は半分引きこもり。私と同じで話題が狭く偏ることが多い。話題豊富なあい姉の存在は貴重だった。

それにVTuberに興味がなかったわけではない。

ずっと考えていたのだ。ネット冤罪に打ち勝つ方法はなにか。思いついて諦めた方法の一つにインフルエンサーがあった。私がインフルエンサーになり、影響力を持って発信すればネット冤罪も晴らせる。しかもVTuberは匿名だ。本名を明かす必要はない。成功すればインフルエンサーになれる。

けれど諦めた。そう簡単にインフルエンサーになれるものではないし、なったらなったでネットの悪意にさらされやすい。ネット冤罪を告白した途端に手のひら返しで誹謗中傷されるかもしれない。

そして私が危惧していた通り、虹色ボイス事務所が悪意にさらされた。ロリコーン事件の発生だ。

でもその事件を追っているうちに私は考えを改めることになる。

「……こんな声もあるんだ」

『引退するなよ』
『ゆっくり休んでいいからいつか戻ってきてね』
『いつまでも待っているから』

誹謗中傷は確かにあった。面白がって騒いでいる人もいた。落ち目になった途端、手のひら返しで叩き、すぐに興味を失ってしまう。それがネットの言論だと私は思っていた。

けれどそんなのはごく一部だった。ロリコーン事件でネット上に溢れていたのは怒り。誹謗中傷を繰り返した人達を責める声。そして活動休止に追い込まれた黄楓ヴァニラさんへの声援だった。

「……ネット冤罪に勝てるかも。ちゃんと応援される存在になることができれば。数の力さえ味方にできれば。人気のあるVTuberになることができれば私は勝てる」

こうして私は最初の一歩から踏み間違えた。

そのことを思い知ったのはデビュー配信だった。

第十一話　ディスプレイの中と外②

ディスプレイの中はいつも輝いて見えていた。
それなのに今は陰っている。

映っているのは虹色ボイス三期生VTuber真宵アリスの待機所。
待機人数は十万人に届こうかという勢いで増えていた。すでに過去最高の同時接続者数を記録している。でも流れるコメントが硬いのだ。リスナーが緊張している。

：人多いな
：今一番話題のVTuberの収益化記念だし
：ネット冤罪か
：社会問題だぞ
：今デビュー配信見返してみ
：初見では圧倒されたけど今見返すとなんか泣けた
：どういう覚悟でVTuberになったのかとかそりゃ簡単には言えないわな

：まだ始まってもいないだろ
：「わたしは人間が怖い。リスナーの皆さんが怖い」
：「知っていますか？　数は力です。数は権力です。白も黒にしてしまえる暴力です」
：……おめぇーわ
：デビュー配信でもちゃんと匂わせていたな
：高校中退って言っていたからイジメ被害者だとばかり
：そっちでも重いけど別種だったな
：ネット冤罪だと俺らが加害者の可能性が
：こんな聞きたいけど聞きたくない配信は初めて

楽しむために配信を待っていない。

そんな光景から結家詠は逃げるように思考を逃避させた。

（これはやっちゃったかもしれない）

真っ暗な部屋。光源はディスプレイだ。

天を仰いでも見慣れた天井しかない。

VTuberデビューするまで結家詠の引きこもり生活は先の見えない暗闇に包まれていた。進むべき道がわからない恐怖に追われる日々。無力感が心身を蝕《むしば》むのだ。

（もう怖くはない。つい最近までは身バレすることは怖かったのに）

なにかをつかむように天井に向けて手を伸ばす。もちろんなにもつかめない。グーとパーを繰り返すだけだ。

デビュー配信後は身バレの恐怖との戦いだった。一夜にして結家詠の名前がネット上で拡散されて足元から全てが崩れ去る。そんな悪夢を何度も見た。心臓が張り裂けそうな動悸《どうき》で起きた夜も一度ではない。実体験から生まれたトラウマから簡単に逃れられるものではない。

それなのに心の中に住み着いていた悪夢が今は存在しない。

代わりにあるのは申し訳なさと後悔だ。

（……逃げたい。でも逃げていいとは思わない）

そのままゆっくりと後ろに倒れ込む。

ぽふんと柔らかいクッションが後頭部を包み込んだ。

（配信でネット冤罪のことを告げた日からちゃんと眠れている）

手足をだらりと伸ばして、大の字に寝転がる。

気になったのでメイド服のスカートのしわを伸ばした。心に余裕がある。少しだらけている。

緊張はあるけど、追われるような恐怖がないからだろう。

（告白できればもう十分。それで満足できるはずだったのに……私は欲深いのかもしれない）

デビュー配信とは対称的だ。光と影。ディスプレイの中と外。今から悲愴な告白をするはずの演者が、違うことで思い悩んでいるとは誰も思わない。光に照らされた場所以外は誰も見ることができないのだから。本当に申し訳ない。

仰向けのまま深く吸って長く吐く。普通の深呼吸だ。

今までどんな気持ちで配信していただろう。恐怖はもう消えている。だからゆっくりと深呼吸を繰り返す。心を無にして、デビューしてからの一ヵ月を思い返す。

配信が楽しかった。次はどんな配信をしようか考えてワクワクした。不誠実な動機で始めた自分を恥じた。身バレの恐怖に怯えた。早くネット冤罪を告白しないとまた全てが台無しになる。頭で理解していても真宵アリスでいることが楽しくて言えなかった。

色々と悩んだ。本当にやりたいことを見つけたから。こんな私が続けていいのかもわからなくなった。

どれくらいそうしていただろう。

顔を上げると部屋の明かりがついていた。

「うたちゃん大丈夫？」

目の前には見慣れたねこ姉が心配そうにこちらを見ていた。

「ねこ姉おはよう」

「うん。おはよう。なんか大丈夫そうだね」

上体を起こし、ディスプレイの時計に目を向ける。予想通り開始時刻までまだ二十分以上の時間があった。

「前回みたいにバズっていたから心配で見に来たのに。うたちゃんのんきに寝ているし。これから一世一代の大勝負って感じではないね」

「……うん。実はもう怖くないんだよね。前まであんなに身バレしたら人生の終わりだって不安だったのに」

「そうなの？」

「前の雑談配信でね。ネット冤罪について口にしたら、皆が真剣に私の発言を受け止めてくれた。今ならもしも過去が暴かれても『アリスが言っていたネット冤罪ってこれか』と納得してくれる。私はもう目的を果たしている。そのことに気づいたらなんか眠れるようになった」

「そっか。皆がうたちゃんの言葉を聞こうとしてくれているもんね」

「……喜ぶべきだよね。私の言葉を真剣に受け止めてもらう。ずっと願っていた。それなのにいざ叶《かな》えられたら想像と違った。嬉しくない。心に余裕ができたらわかったんだよ。私はこんな事態にしたいわけじゃない。申し訳ないことしているって」

ディスプレイが輝いていない。

集まっているリスナーは断罪を恐れるような、怖いもの見たさで集まっているような、義務感で集まっているようにさえ見える。

求めていた光景は本当にこれだったのか。

違う。そうじゃない。そうだったのかもしれないけど、今はこれじゃない。

「じゃあ普通の収益化記念配信にする？　目的が果たされているのなら、わざわざつらい過去を掘り返す必要もないよね」

「それはダメ」

否定の言葉は自然と出ていた。

別に無理して話す必要もない。目的を果たすだけならすでに終わっている。

けれど違う。宣言したのに話さないのはリスナーへの裏切りだ。真剣に話を聞こうとしてくれている。それなのに私が逃げてはいけない。過去を掘り返すことは別につらくはない。怖かったのは誰にも興味も持たれず無視されること。言葉が届かないこと。伝わらないこと。

多くの人の前で自分に張られた不名誉なレッテルを剥がし、世界を塗り替える。そのためにVTuberになったのだ。今更そんなことでは迷わない。

じゃあなにが気に入らないのだろう。


答えは簡単だった。

せっかく集まってくれているリスナーが楽しそうじゃない。

（ここで逃げちゃダメだ。過去からも、リスナーからも、なによりVTuber真宵アリスからも

逃げちゃダメ）
最初はネット冤罪を晴らすために始めた。
始めてみると楽しかった。リスナーが笑ってくれるのが嬉しかった。そして数の影響力だけを求めてデビューしたことが申し訳なくなった。こんな私が配信の場にいていいのかわからなくなった。ただもっと続けたい。終わらせたくない。そう願っていたからデビュー配信のときは逃げだした。あのタイミングでもネット冤罪を晴らすことは多分できたのに。

（だから向き合わないと。今度こそちゃんとVTuberになるために）


私が思い描いた分身は、勢いで全てを呑み込み、皆を楽しませる存在だ。

「うたちゃんの目が据わった」

「ねこ姉って都合のいい女だよね」

「……うん。その唐突な暴言。うたちゃん暴走モードだね。ダメな方に振り切ったね」

「両親には配信で言ったけど、ねこ姉のことも尊敬しているし、愛しているよ」

「軽い！　え……叔父さん叔母さんのときは号泣モノだったのに、私は暴言吐かれた後におまけのように告白されるの!?　さすがのねこ姉も感情が追いつかなくて、まったく涙が出てこないよ」

ねこ姉がなにか言っているが無視する。

この一ヵ月は試行錯誤の連続だった。それが少し苦痛ではなかった。

相変わらずの引きこもり生活。やはり直接会話したのはねこ姉とマネージャーの二人だけ。

コミュ障も人間嫌いも直っていない。ダメ人間のままだ。

でも多くのことを学んだ。配信する以上はリスナーを楽しませるべきだ。笑顔でみんなとわいわい騒ぐのが楽しい。嬉しい。心が満たされる。そんな当たり前のことを実感した。

悲劇のヒロイン扱いなんて真っ平ごめんだ。身に覚えのない悲劇のヒロインのレッテルを剥ぎ取るためにネット冤罪を告発した。私が思い描いた真宵アリスは自分の不幸に酔わない。どんな困難も笑顔で乗り越えるヒーローだ。

数の力を利用するためにVTuberになった。不純な動機だ。それでも楽しかった。見てくれる人に楽しんでほしいと思えるようになった。

その想いが本当ならばあとは走り切ればいい。

「The Show Must Go On。ショーマストゴーオンだよ、ねこ姉」

「うたちゃんの座右の銘だね。でも好き勝手に暴走する言い訳にはならないからね」

この一ヵ月、デビュー配信から私の配信スタイルは変わっていない。

最初からリスナーの反応や空気感を想定し、誘導し、勢いで押し切る。

チャンネル名の通り劇場型だ。配信を見に来てくれた観客を巻き込んで、ただ全力で楽しめばいい。そして最後は笑顔で終える。それがアリス劇場だ。

「ねこ姉。今日の収益化配信で私は世界を塗り替えるよ。自分の身に降りかかった悲劇を喜劇にしてみせるから！」

「待って！　うたちゃんの波乱万丈な巻き込まれ体質は割と洒落《しゃれ》にならない悲劇だからね。なぜそんな喜劇王みたいな宣言するの!?」

「わたしの人生にシリアスはいらない。今からお風呂入ってくる！」

「え？　えっ？　うたちゃん！　もう開始予定時刻まで二十分切っているよ！　せめてシャワーだよ！」

焦るねこ姉の声は聞こえないことにして、着替えのメイド服を持って脱衣場に直行する。恐怖におびえる時間はもう終わっている。

「なんか無駄に思い悩んだから汗かいた」

お涙頂戴な不幸話は必要ない。しわのついたメイド服を脱ぎ去り、熱めのシャワーを頭からかぶる。洗い場の鏡に写る無表情な自分の頬《ほ》っぺたを伸ばす。

(この表情筋の死んだ引きこもりめ)

軽く流したあと、水気をふき取り、ドライヤーで乾かす。そしてリラックス効果を求めて淡く甘いコロンをつける。綺麗に折りたたまれた新しいメイド服を身にまとえば完成だ。

心機一転し、真宵アリスというキャラクターを演じるだけ。

すでに開始時間が迫っている。

「キャラクター真宵アリスをインストール」

急いで部屋に戻るともうねこ姉はいない。一ヵ月間の試行錯誤で成長した真宵アリスというキャラクターは十万以上の人を集めるに至った。

引きこもりの結家詠にはできなかったことだ。結家詠の言葉なんか誰の耳にも届かないし、真剣に聞いてもらえなかった。

だから楽しまないといけない。私も。リスナーも。全員で笑顔になるのだ。

「お仕事モード起動」

怖くない。手慣れた手つきでマウスを動かす。恐れも震えもない。思い悩むのはもう十分した。

あとはショーの幕を上げるだけ。

第十二話　収益化記念生配信①　―VTuberにシリアスはいらない―

収益化。

現在知られている条件は、チャンネル登録者数が千人以上、かつ一年以内の動画再生総時間数が四千時間以上であること。その他に動画の内容がセンシティブではないこと。すなわち性的ではない。暴力的ではない。グロテスクではない。などが挙げられている。ショート動画の台頭で条件が緩和される話もあるが、現在のところこの条件だ。

配信者にとって一つの目標であり、スタートラインである。

ゼロからスタートする個人配信者には高い壁だが、企業配信者にはさほど難しい条件ではない。しかし収益化することで広告料がもらえるようになり、スーパーチャットと呼ばれる投げ銭機能が解禁される。プロとして認められるのだ。大きな節目に違いない。

「やる気充電完了。お仕事モード起動。皆様おはようございます。世界に叛逆を目論む反省型駄メイドロボ真宵アリスです」

口調はゆったりと。けれど真剣な表情でカーテシーを決める。収益化を記念する配信でも、いつも通りの挨拶で配信を開始した。

：おはよう
：反省型？
：待っていた
：また新たな型番を名乗っている

コメント欄がいつもよりぎこちない。見慣れた光景とは少し異なるが気にしない。もう悩みはシャワーで洗い流した。配信を楽しむと決めたのだから。
「今日は収益化記念の生配信です。無事に収益化が通ったことをここに宣言させていただきます。皆様の応援のおかげです。本当にありがとうございます」

：スパチャ送れない
：収益化設定になってないけど大丈夫？
：投げ銭が解禁されてない
：なにかあった？

コメント欄でも指摘されたが、まだ収益化をしていない。まずその説明からしよう。

「困惑させて申し訳ありません。けれど事前に告知してあった通り、今日の配信では皆様に話すべきことがあるので収益化は解禁していません。私のVTuberデビューに至る経緯を話していないのに、解禁するのは筋が通らないと思ったからです」

：アリスは真面目

：ネット冤罪

：そっちが先か

「ただその話をする前に皆様にお礼をさせてください。前回の配信で私の話した言葉を真剣に受け止めていただき、ありがとうございます。これだけ多くの人が私のことについて思い悩んでくれた。当事者として受け止ってくれた。皆様の反応がとても嬉しかったです」

想定以上の反響に大きさに困惑はある。でも真剣に受け止めてもらえたことは素直に嬉しかった。引きこもりの一年間、ずっと望んでいたことだから。

故にこの配信の冒頭で感謝の言葉を告げると決めていた。

：おう

：ええんやで

：ネット冤罪は社会問題にもなっているし

そして謝罪する。硬いコメント欄の空気が和らぐことを願って。

「同時に申し訳ありません。皆様に余計なことを気にさせてしまいました。それは私の意図することではありません。配信は楽しむものです。笑顔になってもらうために配信しています。真剣な顔をして、暗い過去の告白をするためではありません」

デビュー配信をする前の私はならば真剣に受け止めてもらえるだけで良かった。

「誰かを責めたいわけじゃない。上から目線で説教するつもりもない。悲劇のヒロインとかありえない。その点をリスナーの皆様に勘違いさせてしまいました。今日も気楽に笑いながら、配信を見守ってほしい。心の底からそう願っています」

でも今の私は欲張りだ。つらかった過去の告白さえも笑顔で乗り越えたい。

：うん
：そうだよな
：楽しみたい
：少し緊張がほぐれた
：いつものアリスの配信だな

配信の空気が明るくなった気がする。これなら大丈夫そうだ。

「私はネット冤罪により張られた負のレッテルを塗り替えたい。今日は私の過去の話をします。全てを語るには少し長い。ですから一人歩きしてしまっているネット冤罪について、先に結論だけを簡単に告げようと思います。あまり引っ張ることでもないので」

この一年間ずっと言いたかったこと。

同時接続者数十万人超えという大観衆の前で世界を塗り替える。

私がVTuberになった理由。このために真宵アリスが誕生したのだ。

だから万感の想いを乗せて力いっぱい叫ぶ。

「私は『チンコロ事件』の犯人じゃありません！」

想いは電波に乗って、情報の海に拡散される。

そして盛大に上滑りした。

…………ん？

……んん？

…ん～～？

：うん？
：チンコロ？
：チンコロとは一体？
：大丈夫なのチンコロ
：待って本当になんのことだ？

コメント欄も困惑一色である。

「これだけ言ったら意味不明ですよね。当たり前です。事件のことを私が勝手にそう呼んでいるだけですから」

事件は別の名前で呼ばれていた。私が勝手につけた名称で伝わるはずがない。でもこれでいい。引きこもり期間の一年間の思いの丈を一気呵成《いっきかせい》に捲《まく》し立《た》てる。

「けれど結論はこれです。私は犯人じゃない。現場にもいない。そもそも関わっていない。当事者ではないので詳細を知らない。ずっと多くの人にこのことを伝えたかった。もちろんあとでちゃんと説明します。私が人間嫌いの引きこもりコミュ障になった理由。そしてVTuberになった経緯。私の半生について語ります」

伝え終えたら一度熱を冷ます。仕切り直しだ。

「それでは長いですが聞いてください」

：……半生

：反省型だと思ったら実は半生型だった

：一気にいつものアリス劇場になったな

：名乗りから言葉遊びだったか

【ねこグローブ】：アリスちゃん……本当に悲劇を喜劇にするつもりなんだ

：身内発見

：悲劇を喜劇？

：身内が悲劇というってことはマジで重い話？

【ねこグローブ】：ネタばれはしないけどかなりシリアス

：……まあアリスだからな

「ねこ姉。VTuberにシリアスはいりません。ですが笑えない話があるのも確かです。変な空気になるのも嫌ですし。うーん……では本日この配信では『絶対に笑ってはいけない』方式を採用しましょう。リスナーの皆様が笑ってしまったら収益化解禁後にスパチャをお願いします。もちろん自己申告制。強制しませんし、無視して構いません。ゲーム感覚の軽い気持ちで配信を楽しんでください」

：絶対に笑ってはいけない
：それ逆に笑ってしまうやつだろ
：リスナーに罰金を求める鬼畜企画
：それぐらいの心持ちで聞けと
：すでにチンコロ事件の呼称で笑った俺は？
：まあアウトちゃうか

始まる前に漂っていた緊張感は霧散した。

ここからはリスナー参加型のお笑い企画を始める。配信は楽しむものだ。私もリスナーも、笑顔の時間を過ごしたくて集まっている。だからこれでいい。悲劇を喜劇に塗り替える準備はできた。あとは過去を明かすだけ。

最初は本当に笑える話がいいだろう。

第十三話　収益化記念生配信②　―ついたあだ名は真空飛び膝蹴り―

私にはＨＳＰ《ハイリー・センシティブ・パーソン》の傾向がある。

感受性が豊かで環境や他人の言動に影響を受けやすい人の総称。特に日常生活に支障はないし、心の病というわけでもない。要は繊細な人だ。

思い返せば小学生の頃に受けた嫌がらせが始まりだった。あれを幼き日の思い出や初恋などの甘酸っぱいエピソードだとは認めていない。ただの嫌がらせだ。結果として私は私物に対して潔癖症気味になり、男性を避ける傾向を持った。

今から話すのはよくある小学校の頃の忘れたい思い出だ。

「私にも引きこもりではない時代がありました。コミュ障や人間嫌いも発症していない純真無垢《むく》な少女の頃。小学六年生まで遡ります。これは一人の少女が男子嫌いになるあるある話」

：舞台調

：安定のアリス劇場の開幕

：腹筋引き締めないと

：小学生女子が男子嫌いになるあるあるは予想できる
：スカートめくりとか
：ちょっと男子！

「リスナーの中にも経験者がいるのかもしれませんね。皆様が想像する通り、私のあだ名が『真空飛び膝蹴り』になるお話です」
これはよくある話のはずだ。私一人だなんて認めない。

：あるある……ってねえよ
：ちょっとアリス？
：冒頭からぶっ飛びすぎて噴いた
：初手から俺がアウトだと!?
：俺もアウト……千円からスタートで大丈夫かな

「女子と男子の違いが分かれ始める頃、女子との接し方がわからない、でも気を惹きたいといじめてしまう。そんなのは小学校三年生四年生で卒業しましょう。というかやめてください。本当に嫌われるだけなので」

：……うっ
：グサッ
：馬鹿でしたすみません
：うんうん
：わかる
：嫌いになるだけだよね

「私も四年生ぐらいで男子の標的にされました。六年生の頃にはすっかり男子とは距離を置いていました。けれどその年頃になると恋愛を意識し始めるのもまた事実。鮮血が舞う昼下がりとなったのはそんな多感な時期でした」

：色恋沙汰？
：なかったな
：鮮血が舞う昼下がり!?
：さすが真空飛び膝蹴り
：なるほど真空飛び膝蹴りか
：真空飛び膝蹴りで鮮血が

：おいお前ら真空飛び膝蹴りをあんまり連呼すんな笑うだろ
：ふう……もう五千円か

「視聴覚室での授業があったある日。機材がうまく動かないと授業冒頭で教室にトンボ返りとなった五時間目です。ぞろぞろ戻ってきた私達は目撃してしまった。昔私をいじめていた男子が私のリコーダーで『ねこふんじゃった』を吹いているのを」

：あー
：あかん
：純粋に気持ち悪い
：こういうのネタだと思っていたけどやる奴いるのか
：これは男嫌いになる

「私は思いました。お前が踏んでいるのは虎の尾だこのやろう、と。……本当に思ったのですよ。実話のトラウマ話ですし」

：いちいちたとえが草

：虎の尾ふんじゃったか
：誰が上手いこと言えと
：いくら小学生でも他人のリコーダー吹くのは笑い話に
：ちょこちょこネタ混ぜるな

「嫌悪感で怖気立《おぞけだ》つ。全身の血が沸騰するほどの怒り。のちに友達は興奮気味に言います」

『ジ◯リみたいだった。ブワッと毛が逆立ってジ◯リみたいだった』

「小学校の頃は普通に友達もいたのです」

：草生えた
：ジ◯リにたとえるのはズルい
：どういう状態かわかりやすいけどワロタ
：アウトが大漁だな俺もだけど

「私は教室の前のドア。ターゲットは私の席のすぐ後ろにいて教室の中央後方。間には無数の机という障害物。関係ありませんでした。移動教室の荷物を無言で友達に押しつけて跳び上がる。気づけば私の身体は机の上に乗っていました。……道はできた」

：まさか
：そんな自然に机の上に乗るな
：こっちにはすでに草原ができつつある
：小学生アリスの殺意の高さよ
：八艘《そう》飛びかな

「時は小学六年生。成長期の訪れは様々です。机の高さも浮き沈み。ただ真っすぐ渡ればいいというものではない。高低差は少ない方がいい。徐々に駆け上がっていく方が机を踏みしめやすいのは自明の理。一瞬で最良のルート割り出しスタートです」

：なるほどコツがあるのか
：確かに机の高低差はあるけど
：この語り……まさか机渡りのプロか!?
：まず机の上は渡るものではないという常識が欲しかった
：無駄な知識が増えた気がする

「低めの机が並ぶ教室前列を渡って教室中央へ。そこから弧を描いて加速する。実は当時私の教室の机の並びには重大な欠陥がありました。一番背の低い私の席の前に大男ミスターグレートウォールがいたのです。黒板もあまり見えませんでした。先生からも見えないので、私のノートはねこ姉仕込みのクロッキー帳です。最高到達点はミスターグレートウォールの席しかない」

:大草原
:重大な欠陥は草
:大男に対しても根に持っている
:真面目に授業受けなさい
:クロッキー帳?
:お絵描きノートか
:ねこグローブ先生の悪影響が
:ミスターグレートウォールを笑いの刺客に使うな

「タンタンダンと駆け上がる。ミスターグレートウォールを超えれば足場はない。……ターゲットは私の席の後ろ。つまり教室でもっとも低い机の近くなので足場にはならない。悲しい現実です。私は悲しみも乗り越えて、ミスターグレートウォールを発射台にします」

：悲しいのはわかるが理由が足場にならないって
：高低差あると着地ができないな
：足場にされる机が
：ご褒美かな？
：……その発想はなかった
：コメント欄からも笑い刺客が送られてくる

「全力で踏み切りいざ天誅《てんちゅう》！　……助走が完璧すぎました。私の身体は予想以上の勢いで跳び上がる。あ然としたターゲットの顔は少し下。跳びすぎでした。せっかく握りしめた拳は届かない。このままではターゲットの頭の上を過ぎる。けれど本能が教えてくれます。拳は届かなくても膝ならちょうどいい！」

：天誅
：本能が教えてくれますじゃないんだよ
：膝ならちょうどいいって

：もう腹痛い
：お願いだから緑地化運動やめて！

「そのまま全身をひねり、溜め込んだ怒りを膝に乗せてターゲットの顔面に解き放ちます。衝突により運動エネルギーは見事に伝達されました。前進する力を失った私の身体は重力に導かれて床に着地します。対照的に吹っ飛んだターゲットは教室後ろのスペースに錐揉《きりも》み落下。それは教室の扉を開けてからわずか数秒の出来事でした」

：草草草
：解き放つな！
：語りの熱よ
：状況はよくわかるけど
：教室の扉を開けてからわずか数秒がどうしてここまで濃密なんだ
：描写に力入れすぎ
：錐揉み落下って

「のちに友達は冷静に評します」

『たぶん私の生涯で、あれほど見事な真空飛び膝蹴りを見ることはもうない』

『あなたは机の上という空中戦なら世界狙える』

：だから友達が濃い
：腹筋が鍛えられていく
：私の生涯で生の真空飛び膝蹴りなど一度たりとも目撃したことがない
：机の上という空中戦ってなんだ
：そっか世界を狙えるのか

「からんと転がるのはかつて私のものだったリコーダー。振り返って見下ろすとターゲットは顔を押さえ、鼻血の血溜《ちだ》まりで呻《うめ》いています。……そう呻いていました」

あのときのことを思い出すと自然と声が冷たくなる。

「……やらねば。私の足は自然と前に進み、途中でリコーダーを踏み砕きます。私はリコーダーを踏み砕いたことに気づかず、自分の席の椅子を持ち上げていました。そこで羽交い絞めにされます」

：もう草しか生えん

：やらねばって早まるな!?
：自然な流れでサスペンス
：笑えないのに笑ってしまう
：……リコーダーさんが
：惨劇のアリス劇場

「私を羽交い絞めにした友達はのちに証言します」

『リコーダーの砕ける音で止まっていた時間が動いた。あれがなかったら惨劇を止められなかった。たぶんあれがリコーダーの最期の音色』

『純粋な殺意ってあんなにも冷たいんだね。蔑みもせず機械みたいに動いていた』

『一生に一度は言ってみたい台詞《せりふ》。こんな奴のためにあなたが手を汚す必要はない。とっさに出なかったことを後悔している』

：だから友達のセリフが上手すぎるんよ
：リコーダーさんの最期の音色
：頑張ったなリコーダーさん
：いい友達だな

∴ドラマみたいな台詞を日常で使うシチュエーションに遭いたくない

「鼻陥没骨折の流血沙汰。病院送りの事件です。全校が騒然となります。親には怒られましたが、相手の親は原因が原因だけになにも言ってきませんでした。先生方もやりすぎと言うだけで、原因について口にすることを避けていました」

∴鼻陥没骨折
∴腫れ物扱い
∴臭いものにフタ
∴先生も保護者も扱いに困るよね
∴確かに治療費請求とかもしにくい

「以前から動画配信で流行《はや》っている遊びやプロレスごっこなどへの注意はありました。けれどまさか、朝礼で教頭先生から全校生徒に向けて『真空飛び膝蹴りは大変危険です。皆さんはマネしないように』との言及があるとは思いませんでした」

∴どんな気持ちで言ったんだ教頭

：校内が大草原
：真空飛び膝蹴りはしたくてもできねーよ
：前代未聞だったんだな

「そんなわけで私は男性嫌いになりました。持ち物の管理に神経質になり、少し潔癖症です。それと卒業するまであだ名が『真空飛び膝蹴り』になりました。……学校の先生の言葉で一番心に残っているのが『真空飛び膝蹴りは大変危険です。皆さんはマネしないように』なのです。これ……どうなのでしょう？　さて私のトラウマ小学生編は終了です」

：どうなのでしょう、じゃない
：まあ冷静に考えたらアリスが被害者だしトラウマだよな
：たぶん一生分の真空飛び膝蹴りを聞いた
：どうしようレート千円で始めたらすでにヤバい
：小学生編でこれかよ
：ご祝儀と思ってレート一万円でいたらすでに上限越えで笑い放題になったから勝ち組
：敗北確定じゃねーか

小学生編はちゃんと笑ってもらえてよかった。

「安心してください。次は暗黒中学生編です」

中学生編は本当に少し重いので語り方には気をつける必要がある。

：明るく暗黒言うな

：安心できる要素がない

：そういえば今日はシリアスな話だった

：事件しか起こせない女

第十四話　収益化記念生配信③　―迫りくるヅラの恐怖―

ストレス障害。

ストレスと無縁の人はこの世にいないだろう。多くの人が実感はしているが、実態は把握していない心の負荷。心はカバン。ストレスを荷物。そうたとえるとわかりやすいかもしれない。容姿、年齢、性別、身分などの先天的な荷物は捨てられない。虚栄心、欲望、責任、家族など後天的なしがらみはどんどんかさばっていく。カバンの中はいつもなにかで詰まっている。

荷物は軽い方がいい。背負いすぎては目的地にたどり着けない。

けれど多くの人がすぎた重荷を背負って歩みはじめてしまう。

自分は大丈夫。身体は動いてくれている。身体は気づかうが、荷物の重さで軋《きし》むカバンの状態まで把握できる人はあまりいない。

途中で荷物が軽くなったと勘違いして更に進むのは危険な兆候だ。

気づいたときには収納量を超えたカバンが壊れている。荷物はどこかに零《こぼ》れ落《お》ちて見つからない。穴が開いたカバンに重みはないが運んでいた荷物もなくなっている。

もうなにを持っていたのかわからない。なんのために歩いたのかもわからない。

心だけが空っぽに。ただ無残に裂けている。
「小学校で男性嫌いと潔癖症をこじらせた。なにより真空飛び膝蹴りから離れたかった私は少し遠い私立中学校に入学しました」

：まあな
：さすがにあのあだ名は嫌だったか
：真空飛び膝蹴りから離れたかったから受験しました
：面接官「合格」
：どんな流れだよ
：架空の面接をコメント欄で繰り広げないで
「先に言っておきますと、その中学校ではなにも問題は起こりませんでした。あまり通えなかったのが心残りです。そしてこの話をする前に皆様に改めて謝罪することがあります」
：学校の問題じゃないんだ
：あまり通えなかったね
：謝罪？

：まだ聞いてないけどたぶんアリスは気にする必要ないぞ

「私は見栄《みえ》を張っていました。……私の身長は百五十に届きません。悔しいですが平均より低身長であることを認めます。そして当時の私はもっと背が低かった。周りからは制服小学生と思われていたでしょう」

：知っていた
：そんな憎々しげに言わんでも知っている
：頑張れば百五十に届くは届いてない定期
：悔しがっている時点で背が低いことを認める気はなさそうだな
：やっぱり見た目は小学生か

「今からするのは私が自分で思うより小さく幼くて脆《もろ》い、なにより弱かった、それを認めようとせず無理に進み続けて、自滅してしまうお話です。あえて言いましょう。中学受験に合格した私は少しドヤってました」

：ドヤ？

：シリアスなのかドヤなのか
：そういうときはあるよね
：ドヤ～
：微笑《ほほえ》ましい

「電車通学というだけで大人になった気がした。けれど一日目で挫折します。まず吊《つ》り革《かわ》が持てません！」

：なるほど
：笑いごとじゃないけどワロタ
：低身長あるある
：電車のつり革は子供にはつらい高さだよな

「私の最寄りの駅は、朝のラッシュ時、降車する人より乗車する人のほうが多かったのです。電車も常に満員でした。座れるはずもなく、座席の端の手すりを摑《つか》めないとふらついて体力的に厳しい。でもそこは満員電車内での人気スポットでありながら、もっとも圧が強い場所でもある。座席前の吊り革エリアに押し流されたら一日中ふらふらです。運良く手すりを摑めても停止駅の乗り入れで潰されます。一番人気のドア横スペースは少しマシでした」

：……すごくわかる
：大人でもつらいからな
：今からでも電車のマナー良くしようと切実に思った
：俺は子供を見たら席を譲ることにする
：鏡見ろ子供に声掛け事件です
：グサッ……おっさんは子供に席を譲ることも難しいのか

「周りは背の高い大人ばかりで圧があります。潰されないように庇《かば》ってくれる優しい方もいました。私の周りにスペースができることも多かった。でも背の低い私は、存在に気づかれないことが多い。身体を押し潰されたり、カバンが私の顔面にぶつかってきたり。相手に悪気はありません。ぶつけた大人もすぐに気づいて必死に謝ってくれます。でも私の心は重かった。大人の社会に受け入れられていない。気を使われている。迷惑をかけている。私が異物なのだ。電車通学に疲れて、私は中学校生活どころではありませんでした」

：電車内で子供が急に倒れるのを見たことがあるな

：よくあるとは言わんが珍しくはない

：倒れたら救護のために電車が止まって急病人のアナウンスが流れるよな

：貧血で倒れたことあるけど自分のせいで電車を止めてしまうと……ね

「そこに想定外の事件も起こります。知識も自覚もなかった。最初はなにをされているのかわからない。この大人の人グイグイ押してくるなとしか思わなかった」

：……あ

：胸糞

：殺意覚えた

：気持ち悪い

「下半身を押しつけられていたんですよね。成人男性から。直接触られたわけではなかったので気づくのが遅れました。同じ男性に粘着されていると気づいたときはパニックです。すぐに乗る時間、乗る車両を変えました。最終的には女性専用車両固定ですね。利用駅は改札から女性専用車両まで距離がある。歩く必要がありましたが、そんなことは言っていられない」

：痴漢かよ……最悪
：ロリコンか
：小学生ぐらいの見た目の子をつけ狙うなんて
：見た目の問題じゃないけど胸糞悪いな

「そうしたトラブルもありながら、電車通学を始めて一ヵ月が経ちました。新生活も安定してきた。五月病だったのかもしれません。ある日私は少し寝坊してしまいます。慌てて電車に駆け込みました。でも急いでいたのでいつもの女性専用ではない車両に乗ってしまった」

：嫌な予感しかしない
：急いでいたらいつもの車両に乗れないことある
：……胸糞再びか

「一ヵ月経ったから大丈夫。そう思っていたのもあります。けれどその油断がダメでした。気がつけば後ろに見たことのある男性がいました」

：警察なにをやっているんだよ

：直接は触ってないらしいからな

：満員電車だと身体が接触すること自体は珍しくないから難しい

：手口が悪質で陰湿

「話は変わりますが、その頃の私は格闘漫画にハマっていました。そして、とある技に中一心をくすぐられていました。そう寸勁《すんけい》です」

：唐突な

：オチ読めた

：寸勁には憧れるよな

：やったれ

「寸勁。相手にほぼ接触した状態から体重移動と身体のバネだけで強い力を生む技術ですね。ただマンガのように相手をふっ飛ばすような威力はありません。普通に予備動作や助走で勢いをつけた打撃の方が強いです。変則的な攻撃で相手の不意をつく。そういう実用的な技術です」

：解説ありがとう

：考えてみれば当たり前か
：普通に殴った方が強い
：強くはないんだな

　ここからは声に勢いをつける。

「足は肩幅に開き、力の伝達を逃すことがないように足裏から根を張るイメージで……などという震脚はできません。両足の膝を柔らかく曲げて、左から右に体重移動を意識します。あとは腰を軸に身体ごと回転させて、全ての力を右肘に乗せて一気に振り抜く」

　たどたどしくすると話が重くなる。

　だから一気に駆け抜ける。

「とにかく後ろにいる痴漢に当たればよかった。想定外だったのは回転により打点が下がったこと。綺麗に反転して真後ろに肘が放たれたこと。その結果は会心の一撃でした。急所に直撃です。ちなみにこれはチンコロ事件とは別です」

：……会心の一撃
：なんかキュッてなった
：よくやった！

：急所突きか

「痴漢は悶絶《もんぜつ》して前かがみに倒れてきました。つまり私に覆いかぶさってきたのです。とにかく気持ち悪い。痴漢の頭を突き飛ばすように払いのけます。……払いのけたのです。今でも思い出します。あのネチャとした湿った感触。指先に髪の毛ではないものが引っかかった。私は痴漢に手を摑まれたと勘違いして力いっぱい払います。すると痴漢の頭から髪の毛を生やしたネット状の塊が私の顔に飛んできたのです」

：……それは気持ち悪い
：髪の毛を生やしたネット状の塊
：ヅラか
：たまにネットが見えている人いるよな

「猛烈に臭かったのを覚えています。襲いかかってきたのは痴漢のヅラ。私はあまりの嫌悪感に電車内にもかかわらず嘔吐《おうと》しました。中学生でゲロインデビューです。寝坊で朝ごはんを豆乳で済ませていたのが唯一の救いでした」

：カツラって不潔なの多いよな
：ヅラが襲いかかってくるのは草
：汚《きた》なすぎてヅラばれしている人いるよ
：ゲロインデビューは草
：アリスの朝は豆乳派か

「私が大変なことになっていると、電車内も騒然とします。男性が股間を押さえて倒れ込んだ。女子中学生がカツラに襲われ、嘔吐する。パニックですよね」

：パニックだな
：遭遇したくない
：アリスは災難だったな

「女性が悲鳴を上げます。誰かがボタンを押して『子供が痴漢に襲われた』と駅員に知らせます。電車は停まる予定のない駅に緊急停車して、女性の駅員が『大丈夫ですか』と必死に駆け寄ってきました。大変なことになってしまった。私は他人事《ひとごと》のように呆然《ぼうぜん》としていました」

当時の記憶はあまりない。ただ駅員の人がとても親身に気遣ってくれたことは覚えている。

他人に暴力を振るってしまった。私は大騒動を引き起こしてしまったことに落ち込んでいたが、現場はそれどころではなかった。

「駅員の方は言葉を濁していましたが、男性の股間は失禁とは別のものに濡《ぬ》れて異臭を放っていたらしいです。中学生女児が電車内で液体をかけられたとニュースサイトにも載りました。完全に事件ですね」

：……大変なことになったな
：悪質な痴漢が股間という物証付きで確保されたか
：本当に最悪だなその痴漢
：アリス頑張った
：えらい

ここまでの話は私が記憶していることを話した。リスナーの反応を見る限り、痴漢が捕まって無事解決した。そう思われている。だから告げなければいけない。

ここからが暗黒の中学時代の始まりだと。リスナーが楽しめないとわかっていることを告げるのは気が進まない。けれど現在も生活に支障をきたすほど影響がある。今に繋がっているから話さないといけない。

声から自然と感情が抜けていった。

「ただこれは強がりからくる私の主観のお話。嘘も誇張もない。本当に起こったこと。ただ残念なことに痴漢を撃退してめでたしめでたしでは終わりません。無理している自覚がなかっただけで私の心は限界でした」

：強がり？
：どういうことだ？
：なんか暗い
：暗黒って言っていたからな

「私は本当に気にしてなかった。そのつもりだった。痴漢の件は終わったこと。私は大丈夫。次の日からも頑張ろう。いつも通り通学のために私は家を出た」

リスナーには言葉が淡々と聞こえるように発する。当時の心境そのままに。心は悲鳴を上げていた。でも表に出しはしない。だって私は本当に自覚がなかったから。

「けれどその日から電車に乗れなくなりました。今に至っても私は電車に乗れません。駅に行くと足がすくんで動けない。無理して改札を通ろうとすると吐き気で蹲ります」

：……うわ
：ガチトラウマ
：余裕ありそうに話していたのに
：今もか
：そういえば自滅してしまうお話って最初から言っていたな
：自滅っていうか原因は痴漢やろ

「学校に行くために駅に向かい立ちすくむ。無断欠席が数日続く。両親がすぐに異変に気づいて病院につれていってくれました。診断結果は複雑性ＰＴＳＤ。男性がダメ。駅がダメ。電車がダメ。人混みがダメ。自分より背の高い大人に囲まれるのがダメ。慣れない電車通学で環境ストレスが蓄積されていた。そこに痴漢被害でトドメを刺された形です」

痴漢被害がなくてもいずれ私は破綻していたと思う。電車通学をやめたい。電車に乗るのが嫌。いつしかそう思っていたのに意識しないようにしていたから。

自分の弱さを認めたくなくて、親にも相談せず無理をし続けて疲弊した。

「確かに引き金は痴漢被害です。でもその前からの蓄積があった。中学生になったと張り切っていた。他にも電車通学している同級生はいる。大人には当たり前の日常。他の人にできている。私にもできないはずはない。そう空回って私は潰れました。通学できる状態にない。せっかく受験して受かった中学校も辞めることになりました。徒歩で通える中学校に転校です」

：……これはシリアス
：割と重いどころかかなり重い
：複雑性ＰＴＳＤか
：他の人ができているから私にできないはずがない……ね
：なんか大人でも身につまされる話
：空回りというには自罰的すぎるかな
：まだ子供だし親が気づかないと
：痴漢被害後は両親の動きも早いし責めるのは酷だろ
：やっぱり糞みたいな痴漢がトラウマの原因だな
：周りが助けるための時間さえ奪ったという意味ではそう

ありがたいコメントがたくさん届いていた。特に両親のことをフォローしてくれる人がいて助かる。あの日から両親は、自分達を責めていたから。

「ついでに私がショートカットになったのもこの日からです。微妙に濡れた痴漢のヅラの感触が本当にダメだったみたいで。腰まであった髪を肩までの長さにバッサリ切りそろえました。

ある意味、当時の私が自覚できていた唯一の障害ですね」

できるだけ明るく告げた。トラウマの話はもう終わりとわかるように。

：お、おう

：痴漢のヅラは本当にダメだったんだな

：吐いていたぐらいだし

：無理してオチをつけなくても……まあいいか

「では暗い話はここまでに……とはなりません。次も同じ中学編ですが、ダガー暗黒中学編ダガーと暗黒マシマシでお話しします」

：次も暗黒か

：わざわざダガーって言うの草

：†暗黒中学編†

：ダガーで†と変換されるのか

：まさかの中二御用達《ごようたし》言語

第十五話　収益化記念生配信④　―火炎放射器で正気に戻った―

中二病。

多感な思春期に起こる病。実は大人になっても患い続ける人が多いという説もある。元々は反抗期と合わせて、粋がった言動をするぐらいの意味だったのにどうしてこうなった？

それは誰にもわからない。でもロマンだけは無駄にある。

腕に包帯を巻いて眼帯で片目を封じても、封じられるのは自分の動きだけ。手から炎を出したいならば素直に着火ライターを使いましょう。コンビニにも売っています。そんな現実はどうでもよくて。

自分は特別な存在だと思い込ませてほしい。

切実な想いが透けて見えて、尖った言動にどこか共感してしまう。

中二病を否定しない。

特別な存在でありたいと願うことは当たり前だ。つまらない人間にはなりたくないのは正解だ。諦めることを大人というのは間違っている。
でも正常な判断力は持たないといけない。大事なのはただそれだけ。
「新しい中学校ではそれなりに楽しくやっていました。徒歩で通えて小学校の友達もいる中学校です。でも電車に乗れないので遠出もできない。集団行動もままならない。部活動はやりませんでした。私がアニメを見ながら、アフレコし始めたのもこの時期ですね」

：よかった
：頑張りすぎないように
：自覚は大事
「学校では女子グループのマスコット的存在でした。追いかけられたり、餌付けされたり、膝の上で拘束されたり、眼帯して心配されたり。中一中二と特に事件も起きず平和な時が過ぎます」

：平和とは一体？
：マスコットか
：明るく過ごせているようでなにより

：いや事件は起きているような？
：眼帯って目でも怪我《けが》したの？

質問があったので眼帯について補足しておく。ねこ姉案件だ。
「眼帯は中学二年生進級記念にねこ姉がくれた物です。本格的なコスプレ用でゴスロリ仕様でした。学校につけていったら同級生に本気で心配されましたけどね。事情を説明すると、中二病的なキメ台詞をねだられた挙句、スマホで撮影会されたので恥ずかしくなり一日だけの着用です。『わーはっはっは我が瞳に封じられし力！　とくと見るがよい！』とか」

：ねこグローブ先生!?
：中二記念に眼帯を贈る姉は草
：アリスをコスプレ沼に誘うなよお姉ちゃん
【ねこグローブ】：当時からイラスト描いていたからアリスちゃんにはお世話になりました
：中二病台詞がキマりすぎてイベント化している

「あの頃の私は大丈夫アピールに必死でした。電車の事件があってから両親も過保護気味になっていましたし。顔を覚えてもらうためにわざわざ警察署に行ったこともあります。これ以上周りに心配かけてはいけない。私は安心させるためにわざと明るく振る舞い、周囲が求めるキャラクターを演じる習性を身につけていった」

明るく見える中学生生活にも理由があった。たぶんその習性は今も変わっていない。役割を与えられている方が楽に話すことができる。まさに今の私を育んだ時間だった。

「自分ではかなり子供っぽいうえにあざとい。これで正しいのか疑問でしたが、男性への怯えは本物だった。無意識に異性として見られることを避けていたのでしょうね。周りの女子グループもそれをわかってくれていた。だから過保護に扱われてマスコット化したのだと思います。当時の私をゲームでたとえると職業欄が中学生ではなく、小動物レベル五十などでしょうか」

：子供が警察を頼りやすくするために親が一度相談するとかあるらしいね

：あの真空飛び膝蹴りがこうも変わるとはよほどのことがあったに違いないと過保護に

：それか！

：小動物レベル五十は魅力と回避高そう

「けれど時が経つにつれて、私の中学生活も次第に壊れ始めます。それが明確になったのは中学三年生の春。私は学校で倒れました」

：まさか病気？
：実は余命がとか言わないよな
：そういうのは本当にやめてくれよ

「心配していただきありがとうございます。私は健康ですよ。倒れた原因は長時間の胸部圧迫。成長期が原因です。電車の件で私の中に大人という存在に対する苦手意識が芽生えていた。子供っぽく振る舞っていたのもそれが理由です。私は成長することを拒んでいた」

今も自分を卑下することがある。電車にも満足に乗れない私は社会不適合者。自分は欠陥品だという強迫観念があった。当時は大人になっていくことへの忌避感が強かったのだ。

「トラウマ持ちは個性。そう自分に言い聞かせて中二病に逃げていた。自分や周りの同級生が大人に近づいていく変化を受け入れられなかった。大人になりたくない。まだ子供でいたい。成長していく現実を拒絶し、無理やり小さなブラをつけていたら倒れてしまった」

：なるほど大人になりたくないか
：心理的な問題だな
：……切実
：大人に囲まれるのがダメだと言っていたか

：前の配信では胸囲について普通に話していたけど色々あったんだな
：身長コンプも話のネタにできているし成長については乗り越えたか

「お医者さんからも怒られた。両親からも注意された。適正サイズの下着をつけるように指導されます。すると周囲の視線が変わりました。男子の視線が怖い。子供っぽく見せるために行っていたオーバーアクションもできません。大きく動くとわかるので動けない。私につられて他の女子も過剰に反応してしまう。薄着になる夏服衣替えの時期には教室に居づらくなりました。自然と保健室通いになりました」

：男性恐怖症か
：男子生徒が悪いわけではないんだけど
：いきなり胸のサイズが変わっていたら見てしまうな
：保健室通いでも学校に出ているだけで偉い

息を大きく吸って語気を強める。ここから事件の時間だから。
「そこで私は盗撮犯と遭遇します」

：おい
：唐突だな
：事件とのエンカウント率高すぎない？

「保健室の棚に隠された盗撮用の隠しカメラを見つけてしまったのです。そこで私は中二病魂を燃え上がらせました。絶対に犯人を見つけてやると決意します。気分は名探偵です。他にカメラがないか隈《くま》なく確認しましたが見つかりませんでした」
今から考えると無謀だった。けれどあのときは最適解だと思ったのだ。
「私は大人が怖かった。もちろん盗撮する人も怖い。しかし同時にこのままではいけないという焦燥にも駆られていた。これは神が与えた試練。自分が変わるためのきっかけになるかもしれないと思い込んだのですね」

：あかん
：本当に事件じゃん
：盗撮はだめだろ
：どうして自分から事件に首を突っ込む
：……自分が変わるきっかけと思い込んじゃったか

「もちろん養護教諭のお姉さんには報告しましたよ。学校側に相談してくれると言ってくれました。けれど数日《すうじつ》経《た》っても学校内では話題にもならず進展なしです」

：当然だよな
：報告できてえらい
：報連相は大切
：自分で解決するとか意気込んで周りに黙っているのは最悪だから
：学校内で話題にならない？

「私は帰り道に顔見知りの女性警察官さんのところに寄りました。学校に仕掛けられた盗撮カメラの話を説明すると、話は警察には上がっていないようでした。学校で起こったことですからね。簡単には警察に通報しないこともあるでしょう。でも校外で起こった別の事件のことを女性警察官さんから聞くことができました。注意喚起のためです」
『先月隣の市で小学生女子の誘拐未遂事件があったの。突然若い男性に車に引きずりこまれそうになったみたいで。そのときは防犯ブザーに驚いた犯人が逃げたんだけど、現在捜査中でまだ犯人は捕まっていないの。この一ヵ月ほどは小学校周りを重点的にパトロール中。対象が小学生女子だしアリスちゃんも気を付けないとね』
「もちろんアリスちゃんは仮名です。実際は本名でしたけど。あと最後の小学生女子云々は冗談で言われただけです。本当に小学生扱いされたわけではありませんからね。ただその話を聞いて私は防犯ブザーだけでなく、痴漢撃退用の催涙スプレーなども持ち歩くようになりました。ついでに女性警察官さんが中学校付近も見回りコースに追加してくれると言ってくれました」

：学校内の盗撮だと警察に上がらないか
：カメラが見つかっただけだしな
：別の事件の話を仕入れている
：本当に探偵モノっぽいけど嫌な予感しかしない
：警察との信頼関係できていてよかった
：捜査情報バラしていいのか
：不審者の情報とかは周知するためにホームページに載せているから
：完全に小学生扱いだ
：捜査情報ではなく注意喚起

「そして皆様の予想通り、私は襲われます」

‥まじで？
‥本当に襲われたのかよ
‥警察沙汰
‥アリスのトラブル体質ヤバい

「すでに隠しカメラ発見から一週間が経っていました。新たな隠しカメラも見つからず、私の捜査も停滞します。学校側の動きも期待できません。どれだけ粋がっていても子供の名探偵ごっこですからね。劇的な解決は無理です。そのままなにごともなければの話ですが」

わざと声のトーンを落とした。事件が動くと示唆するために。

「ある日の放課後、私は養護教諭のお姉さんから頼まれて、保健室で留守番メッセンジャーをしていました。そのために下校時間が少し遅くなった。周囲に生徒は歩いておらず、不審な車が止まっていました。不自然でしたが道を変えて遠回りし、人通りのない脇道を歩く方が危険です。防犯ブザーや催涙スプレーの存在を確認し、その横を通り過ぎます。すると車から若い男性が出てきてニヤニヤしながら話しかけてきました」

『ねえ君がアリスちゃんだよね。ボクとちょっと話しようよ』

「名前を知られている。私は恐怖を我慢しながら即座に防犯ブザーを鳴らします。そして慌てて摑みかかろうとしてきた男性の顔にかなり強力なタイプの催涙スプレーを噴射しました」

：女性警察官さんの忠告通り標的にされていたのか

：対処できてえらい

：いきなり不審者に名前を呼ばれたら怖いよな

：逃げないと

「けたたましく鳴る防犯ブザー。けれどすぐに人が来てくれるわけではありません。防犯ブザーに驚いたはずの男性が怒り狂った形相でこちらを睨んできます。催涙スプレーも腕で防がれて目に届いていませんでした。相手は車を持っている。早くこの場から離れなくてはいけない。頭ではわかっているのに恐怖から足がもつれて地面に手をついてしまいます」

当時は本当にパニックだ。どれだけ強がっていても心は弱いままだったから。

「倒れた地面であるものを見つけました。ライターです。男性は車の中でタバコを吸っていたのでしょう。催涙スプレーから顔を守るときに落としたのだと思われます。手には催涙スプレー。目の前にはライター。私の中二病魂に再び火がつきます。ここでアレを使わなければいつ使う。皆様も家庭科や科学の授業などで習う火気厳禁のアレです！　私はライターで火をつけて、噴射中の催涙スプレーに近づけました」

：おい！
：習うわけじゃないからな!?
：火気厳禁を火器に転用するな！
：そういえば†だった
：思いついても絶対にやってはダメなやつ

「……シャレにならない勢いで目の前が真っ赤になりました。催涙スプレーのガス圧がかなり強めだったのか、炎は線上に伸びて男性を襲います。炎は下から上に上がっていきますし、私が地面に近い場所から放ったのも威力を高めたかもしれません。上半身に火がつき地面を転がりまわる男性。喜びも達成感はありません。……やりすぎちゃった。自分が起こした惨劇にドン引きです」

：大・惨・事！
：ファイアー
：本当に危ないからやめておけ
：状況が状況だから仕方がないけど危険
：見た目ほど温度は高くないはず……と言っても爆発の危険もあるからな

：犯人には同情の余地なしだけど

「私の中二魂は急速に燃え尽きました。自分は特別な存在ではなくただの弱者。アニメの主人公になったつもりで名探偵を気取っていました。でも現実は想定外の事態にパニックになり火炎放射器を放つ小動物。窮鼠猫を嚙むにしてももっと賢いやり方があったはず。自分が特別ではないことを悟りました」

女性警察官さんに忠告されていたのに私が本当に警戒していたのは女性だった。盗撮事件の解決にとらわれて視野が狭くなっていたのだ。男性に襲われることは考えてもいなかった。

「私が呆然としている間に警察官が駆けつけてくれて男性は捕縛されました。私の火炎放射器の件は引火や爆発についてのお説教で済みました。私は未成年で相手には車がある。ライターもその場で拾ったもの。状況が状況です。正当防衛として情状酌量が認められたのでしょう」

：中二病完治おめでとう
：現実を知るって大事だよね
：パニックになって火炎放射器を放つ小動物とは一体？
：十分に特別だと思うが
：車に連れ込まれて誘拐される危険性があったからな

「私は次の日から引きこもります。中二魂を失った小動物には学校は危険です。そして数日が過ぎ、学校の先生と警察官が家に来ました。養護教諭のお姉さんが逮捕されたと言われました」

：ふぁ？
：なるほど……だから話がおかしかったのか
：共犯かよ
：たぶん盗撮犯だろ

コメント欄を見るとやはりこの結果を予想していた人もいたのがわかる。
「私は養護教諭のお姉さんが盗撮犯かもしれないと推理していました。その想定で警戒もしていました。なぜならカメラが仕込まれていたのは保健室の棚ですからね。部屋の主を疑うのは推理の基本です」

：なるほど
：推理の基本って言えば基本だな
：犯人は現場にいる
：盗撮犯が男性という先入観さえなければ気づく

「男性に襲われるのは想定外。結論を言えば男性と養護教諭のお姉さんはグルでした。一緒に盗撮写真などを売っていた仲間だったそうです。だから隠しカメラを見つけた私を襲った。捕まった男性が警察に全て話しました。男性の証言とパソコンから大量の盗撮写真が見つかり、養護教諭のお姉さんも逮捕されたのです」

犯人を単独犯だと決めつけた。養護教諭のお姉さんさえ警戒すれば大丈夫と思い込んだ。先入観を抱いて失敗した。やはり私に物語の主人公は向いていない。

ただこの事件に関して言えば物語のようなオチがある。

「実はこの話には少し続きがあってですね。……人間って怖いんです」

：もう一人の犯人は想定できないか

：二人はグルか

：口封じかよ

：盗撮カップルとか最低だな

：……なんかまた不穏なこと言い出したな。

「顔見知りで私の担当になっている女性警察官さんが心配してくれて教えてくれました」

『壁一面に引き伸ばされたあなたの写真があったの。本当に大丈夫？　なにもされてない？　なにかあるなら絶対に力になるから』

「……先に言っておきますけど私は警戒していたので本当になにもされていませんよ。養護教諭のお姉さんは犯人の男性とは別に恋人関係ではなかったみたいです。というか互いに恋愛対象外。双方、ある一定の年代の女の子が好き。二人は盗撮仲間で、商売仲間で、ロリコン仲間だったのです！」

　だから私もすぐに養護教諭のお姉さんが怪しいと気づいた。視線が怪しかったからだ。小動物の危機感地能力が反応するほどに。

：……壁一面に引き伸ばされた写真

：完全にダメな奴でしょ

：こわいこわいこわいこわいこわい

：想像以上に闇が深そうな

：暗黒ってこれか

：両方ロリコン

：さらりと配信で話す内容じゃない

「この事件から私はいくつも学びました。一人で全てを解決することはできない。人は見かけによらない。先入観を持ってはいけない。視野を広く持ち、常に想定外に備える。準備は入念にする。そして正常な判断力を失ってはいけない。特に火炎放射器は危険です。行動したあと後悔することになります。催涙スプレーとライターを構える事態に陥る前に、早めに周囲に相談して、身を守れるようにましょう」

：学ぶ内容と得た経験が普通じゃない件について
：凄く大事なことだと思うけど日常とかけ離れているな
：シリアスではなくサスペンス
：普通の子は催涙スプレーとライターを構える事態に陥らないのよ
：早めに逃げるのは大事だな

「これにてダガー暗黒中学編ダガーは終了です。こうして私は対人恐怖症気味になり、残りの中学三年生を引きこもって過ごします」

周りからはなにも言われなかった。事件が事件だ。接していた養護教諭に裏切られた被害者。誰とも関わらない時間が私には必要だった。

「ただいつまでも引きこもっていられない。中学が終われば高校がある。その前に高校受験がある。ちょうどその時期に親の東京転勤の話が重なりました。私のために環境を変える。両親にはそういう意図があったのかもしれません」

本当に迷惑をかけたと思う。この収益化配信が終わったらまた電話しよう。

「両親からは別に進学を勧められていませんでした。無理ならば高校に通わなくていいとさえ言われていましたね。ただ進学するのであれば電車に乗る必要がないようにその高校の近くに住む。進学先も私の男性嫌いを考慮して女子校を提案してくれていました」

：多感な思春期だとしても中学時代が濃いな
：そのあとは引きこもったのか
：事件もあったし身体の成長で心のバランスも崩していたからな
：高校進学か
：俺が親でもそうするかもな
：アリス……無理しないでくれ

「けれど私は自分の意志で共学の高校を受験しました。そして東京都内のエスカレーター式進学校に入学です。私は普通になりたかったから」

カメラの向こう側をまっすぐに見据える。

あの頃の私にあったのはどうしようもない自分への怒りと失望だった。
「家に引きこもっている間は自分が情けなかった。このままではいけない。電車にも乗れない。学校に行けない。男性が怖い。……せめて普通になりたい。私は普通の学生に憧れた。だから女子校ではなく共学の高校に進学しました。そこでついにあの事件に遭遇します」

::共学に進んだか
::アリスの境遇なら女子校でいいと思うけど
::普通になりたいか
::わかる
::普通のハードルって実は凄く高いからな
::ついにあの事件ということはチンコロ事件か
::そういえば今日ネット冤罪の話だった
::前振りのエピソードが濃すぎる
::チンコロ事件も名前のインパクト強いのに忘れていたかも

「いえチンコロ事件の前にヒトは生身ではゴリラに勝てないと悟る話があります」

：ぷっ……ちょっと待てアリス！
：この流れで笑いをぶっこんでくるだと!?
：どうしてそんなエピソードトークが出てくるんだよ
：タイトルからわかるすべらない話
：番組変わった

「ヒトは生身ではゴリラに勝てないと悟る話はチンコロ事件と密接な関わりがあるのです。省くわけにはいかない重要な話ですよ」

本当に重要な話なのだが、あえて演技とわかる口調で重たく言い切った。

：密接な関わり
：ゴリラはどこから出てきたんだよクソ
：重要なのか
：本気でチンコロ事件がどんなものかわからなくなった

コメント欄に笑いが戻る。重い話が続いたので配信の空気を意図的に弛緩《しかん》させたのだ。

「そんなわけで次は勘違いゴリラ襲来の高校・前編『真宵アリス敗北する』です。ここから一気ですよ。だから少し休憩をはさみますね。ドラゴンブレイクタイムです」

さて楽しい配信をするための仕切り直しだ。

：勘違いゴリラ
：そんなネタバレ次回予告みたいに言わんでも
：ついにアリスが敗北するのか
：考えてみるとここまで敗北はしてないんだな
：タイトルからわかる強者感
：急にシリアスが迷子になった
：休憩か
：気づいたら俺も時間忘れて配信に夢中になっていた
：いつもより話が重いけどやっぱりアリス劇場だな

第十六話　収益化記念生配信⑤　―ヒトは生身でゴリラには勝てない・前編―

高校デビュー。


新しい環境。また一歩大人に近づいた。今までとは違う特別を求める心は大事にしたい。自分を変えるために陰から陽にクラスチェンジを試みるのもいい。

明るい未来を目指しましょう。

けれど結家詠は心が折れていた。

普通を目指すのもハードルが高い。支えだった中二魂は燃え尽くしている。残ったのは逃げ足自慢の小動物根性だけ。

「私も対人恐怖症をこじらせた引きこもりのキャラでは駄目だと理解していました。だから再起の高校デビューに挑戦します。三つ編みは髪の長さ的に無理。ビン底メガネは入手困難。前髪を伸ばす方向で。辞書持ち歩くのは疲れるので諦めました」

：コンセプトはわかった

：中二病が再発してない？
：発想が根っからのオタク
：文学少女かな
：色々としようとして結局前髪を伸ばしただけなのは草
：疲れるからで諦めるな！　辞書を持ち歩かれても困るけど

「もちろん勉強はしましたよ。記憶力には自信あります。ねこ姉からいらなくなった参考書ももらっていました。頭のいいキャラを演出するために高校受験を終えても参考書とにらめっこしていました。ねこ姉の参考書の中に交じっていた有名大学の赤本も解きました。引きこもりで時間だけはありましたから勉強できるのです。ドヤ！」

：アリス賢い
：明後日《あさって》の方向に優秀
：ドヤ〜
：キャラ作りのためにそこまでする紙一重のアホの子
：え？　高校入学時点で大学の赤本を解いているの？
：マジで天才の類《たぐい》か

「でも私のキャラ作りは無意味でした。図書委員にもなれません。そもそも立候補する勇気がない。オドオドした陰キャの引きこもり小動物です」
性格のせいもあったが、私には他にも問題があった。
「それに初めての土地でエスカレーター式の高校。すでに環境が完成されていたんです。グループも出来上がっていますし、スクールカーストもあります。中等部からのリーダー派閥というボス猿さんや取り巻きの猿さんもいます。小動物は教室という弱肉強食の世界の隅で寄せ集まって生き抜くのです。それでも小動物友達ができて個人的には良好なスタートでした」

：キャラ作り通りでも
：学校が動物園になっている
：無理してスクールカースト上位にグループしても潰れそうだしな

「私は満足していました。社会復帰して真人間になれている。望んでいた普通の高校生活だ。けれどそんな平穏な日々も一ヵ月ぐらいで崩壊します」

：当然のように急展開
：もうやめてくれ

：アリスの過去ハードすぎない？
：ねこグローブ先生曰《いわ》くかなりシリアスだとしても限度があるのでは？
「きっかけはわかっています。友達との帰り道。その途中にあるカラオケ屋にうちの生徒が集まっていました。知らない陽キャ先輩の集団です。陽キャはカラオケ店で群れるのです」
：陽キャへの偏見草
：同意見だな
：店前で騒がれると迷惑
「横を通り過ぎようとしたら陽キャ先輩集団が声をかけてきました。『君達うちの学校の一年でしょ。今新入生歓迎会みたいなのを開いていて、まだメンバーに枠あるから参加しない？もちろん無料だから』……ナンパでした」
これも何気ない日常の厄介事。
頻繁にあっては困るが特別なことではなかった。
「よく見ればすでに何人か一年生の女子が引っかかっています。男性恐怖症の私はもちろん、友達も生粋の小動物仲間です。丁寧に頭を下げてその場から逃げました」

このあとなにごともなければ私もナンパのことなどすぐに忘れただろう。

：逃げて正解
：明らかにヤバそう
：慣れた手口だろうな
：店側も協力してそう

「その次の日から私は同じクラスのスクールカースト上位集団に目をつけられました。質《たち》の悪いことに主犯はエスカレーター組。ボス猿どものまとめ役。つまりゴリラでした」

：どうして？
：草
：そこからゴリラが来るのか
：ボス猿のまとめ役はゴリラじゃないからな
：なるほどスクールカーストのトップはゴリラだったのか

「ゴリラさんが言うには『私の彼氏に言い寄ったでしょ』です。すぐに誤解だとわかりました。

勘違いゴリラです。勘違いゴリラさんが高等部に入ってから付き合い始めた先輩。つまり昨日の陽キャ集団の誰か。正直誰一人として顔も名前もわからないのですが、その人がナンパ失敗の腹いせに『一年のちっこいのにベタつかれてうざかった』と吹聴したらしいです」

：うわぁ
：そんなクズ男いるんだ
：うざいのは男の方だろ
：勘違いゴリラも趣味が悪い
：簡単に騙されるなよ

「弁明しても聞き入れられません。恋は盲目。暴走の勘違いゴリラ。ただ幸いなことにイジメには発展しませんでした。その先輩の素行の悪さは在校生では有名だったらしくて、勘違いゴリラさんの取り巻きの中に私の味方もいましたから」

別にクラスメートも悪い人達ではなかったのだ。

「クラス全体から迫害されるようなことはなかった。勘違いゴリラさん一人が突っかかってくるぐらいですね。勘違いゴリラさんがヒートアップしてくると『ちょっとヤバいよ』と止めてくれましたし、陰で『ごめんね。普段はあんな子じゃないんだけど』と謝ってくれる人もいました。でもスクールカーストのトップに睨まれたらどうなるかわかりますよね。私は孤立します」

：なるほどクズ集団ではないと
：勘違いゴリラが悪い
：取り巻きも一応止めてはいるんだな
：勘違いゴリラが高校デビューで失敗したパターン
：まあ……孤立はするよな

「私は我慢に我慢を重ねます。三日でキレました。中二魂を失っても小学校では真空飛び膝蹴りの使い手だった自負があります。私は普通の高校生になりたいの。くだらないことに私を巻き込まないで！　という純粋な怒りですね」

：三日？
：早すぎてワロタ
：重ねた我慢は一体どこに？
：イジメに発展する前に対処するのは正しい

：真空飛び膝蹴りの使い手の自負は持つな
：アリスは普通を目指して再起かけているからな
「クラスメートの皆がいる教室で叫んでいました。『だからそんな先輩は知らないと言っているでしょう。この勘違いゴリラがぁ――――！』と」
：ふう……砂漠の緑化がここまで進んだか
：……マジで本人に勘違いゴリラって言ったの？
：腹筋が痛い
「ウケました」
：ウケましたは草
：その状況でウケを気にするな！
：笑うけど
：大草原確定

「廊下で若干エコーがかかったのもポイント高かったです。最初は小動物の叫びに呆然と。でも取り巻きの一人がクスリと吹きます。周囲も我慢しきれず笑いが広まっていきます。比例するように勘違いゴリラさんの顔が真っ赤になります」

：エコー
：アリスの学校トラブルは小学校以来だな
：小学校はリコーダー舐めで中学校は痴漢と暴漢と盗撮魔（全て撃退済み）
：もう同級生ぐらいにはビビらない戦歴だった
：改めて中学校時代が暗黒すぎる

「念のために言っておくと、勘違いゴリラさんは、たぶん美人さんでゴリラに似ていないはずです。けれど顔も名前もわからないので、勘違いゴリラさん以外の呼び方もできない困った現状です。わからない理由はあとで説明します」

：ボス猿のまとめ役でゴリラなだけでゴリラ似ではないと
：ゴリラなのに美人なのか
：嫌がらせしてきた相手の顔と名前をわからないとかありえるの？

：わからない？　覚えていないではなくて？

「私を睨みつけて勘違いゴリラさんが近づいてきます。体格差は歴然です。勝てません。私もヤケになっています。笑いも取れましたし、一発ぐらいなら大丈夫。大事にならない。そんな謎の油断もありました。そう油断です。……こういうときの攻撃は普通ビンタですよね？」

：聞かれてもわからん
：普通ってなんだろ
：まあビンタだな
：キレた女子高生はビンタするイメージ

「……勘違いゴリラさんが放ったのは掌底でした。足幅は肩幅開き。そして一瞬の短い踏み込み。私ができない震脚をマスターしています。無駄な挙動はなく見事に腰が入った腕の振り。奴は素人ではありませんでした！」

：掌底は予想できない
：アリス震脚への憧れ強いな

：勘違いゴリラなのに素人じゃないのか
：素人ではありませんは笑う

「こういうときビンタじゃないの？　なんて驚愕していた私は避けられませんでした。いえ驚愕してなくても避けられなかったでしょう。くると思った瞬間、顔までノビた閃光《せんこう》のような掌底。そして芯のある強烈なインパクト。わかっていても避けられなかった。勘違いゴリラさんには完敗です。おそらく空手か中国拳法か総合格闘技経験者に違いない」

：相変わらず戦闘描写が細かい
：冷静に分析するな
：顔を殴られているんだよな
：負けを認められてえらい

「私は教室の一番後ろまで吹き飛ばされました。心の中で思います。小学校の変態上級者さんごめんなさい。さすがに真空飛び膝蹴りはやりすぎでした。その報いなのかもしれません、と。実は小学校の頃の真空飛び膝蹴りを気にしていたんです」

：お……おう
：謝れて偉い……？
：確かにやりすぎだったな
：でもそのときに思うことじゃない
「私は意識を失いました。骨に異常はなかったですがドバっと床に広がるくらい鼻血が出ての流血沙汰。知らない間に鼻血ブーデビューです。学校はかなり騒然となり、大問題に発展したらしいです。私は脳しんとうを起こしていたので、救急車で運ばれて気づけば病院でした」
：骨に異常がなくてよかった
：脳しんとう
：笑い事じゃないな
：格闘技経験者の掌底は本当に危ない
「退院後、しばらく自宅療養です。脳しんとうですから無理はできません。私はまた引きこもります。両親は庇ってくれました。もう無理して学校に行かなくていいと」

：やっぱりそうなるか
：流血沙汰に脳しんとうだからな
：両親の心労もマックスだな
：勘違いで嫌がらせされてノされたわけだし転校でもおかしくない

「そんなわけで次はチンコロ事件。私の身に起こった激動の引きこもり一週間。勘違いゴリラ襲来の高校・後編『ゴリラパニック』です」

：だから紹介の仕方が草なのよ
：とうとうか……事件が多すぎる
：いつの間にかチンコロ事件を待ちわびていた俺がいる
：アリスの半生だからな
：年数を数えるとわずか五年
：俺の三十五年の人生より波瀾万丈なんだが
：……おいタイトルから目を背けてコメントするな
：ゴリラパニックにどうコメントすればいいんだよ！

第十七話　収益化記念生配信⑥　―ヒトは生身でゴリラには勝てない・後編―

時の流れは止まらない。

目を閉じて、耳を塞いで、引きこもって。どれだけ自分の中の時間を止めても周りは刻一刻と変化し続けている。時間が問題を解決してくれることもあれば悪化させることもある。そして想定もしていない事態に巻き込まれることもある。

不運の一言で片付けるには重く、理不尽を嘆いてもなにも変わらない。ついには一歩も動けなくなり心が折れる。再度立ち上がるにはやはり時間が必要だ。

座り込むのは休憩するため。また一歩踏み出すための準備期間。時間の流れは止まらない。刻一刻と周りは変化し続けている。ならば今は道が塞がれていても、待てば別の道が生まれるかもしれない。

考えることをやめればその変化にも気づけない。だから全てを諦めて思考停止することだけは認められない。

「高校デビューしてから初めての引きこもり。でも私はプロの引きこもりです。慣れています。事前に予定を組んでおかないと、なにもせずに無為な時が流れるだけ。だから引きこもるときに準備は万端でした」

∴学生の長期休暇かな
∴引きこもりは計画的に
∴引きこもりのプロとしての道を歩み始めている

「いつか見ようと心に決めた超大作。新世紀のアレです。色褪《いろあ》せぬテレビシリーズから最新の新劇場版まで一気見の挑戦です。私が最初に暴走型を名乗ったのもこの作品へのリスペクトと言っても過言ではありません」

∴新世紀のアレ
∴俺らにとって通過点でもアリスには生まれる前の作品か
∴時の流れが残酷な天使
∴今明かされる暴走型誕生の秘話
∴過言すぎるだろ！

「もちろん勘違いゴリラさんの掌底対策もしました。格闘技の動画を見たり、ゴリラの生態調べたり、アニマルビデオでイケメンゴリラに驚いたり、カーナビについて詳しくなったり」

：相変わらず色々横道にそれていく
：イケメンゴリラとか懐かしい
：ついにアリスもＡＶ《アニマルビデオ》視聴か
：カーナビにそういう商品あったな
：迷走しすぎだろ

「ゴリラは凄いんですよ！　握力は約五百キロ。パンチ力は推定二〜五トン。全力で走れば時速が約四十キロ。単純な力は成人男性の約十二倍です！」

：確かに凄い
：ゴリラ最強説
：どうしてゴリラについての説明が今日イチのテンションなんだよ!?
：本当に腹痛い

「しかもゴリラは草食です。一日なんと三十キロもサラダを食べるんですよ。しかも筋トレとか一切しない。ほぼ寝ているか食べているかです。それなのにあの筋肉。全世界の菜食主義者はゴリラリスペクトのマッチョ崇拝者だったのですね」

：違います

：絶対に違うからな

：激しい風評被害が巻き起こっている

：その解釈は初めて聞いた

「そうして経過する一週間。胸に去来するのは大作完結の物悲しさ。みんな成長します。子供から大人になるのです。私は悟りました。ヒトは生身ではゴリラに勝てません！」

：なぜそこで悟った

：あの作品ゴリラ出ていたかな？

：ふぅ……おじさんも年取ったな若い子の思考がわからないよ

：同年代でもわからないから安心してくれ

：色々間違いすぎていてなにが間違いかわからない

「もちろん皆様の言いたいことはわかっています。勘違いゴリラさんは人間であってゴリラではない。けれど少し前に言ったことを覚えていますでしょうか。私が勘違いゴリラさんの顔も名前も覚えていないことには理由があると。記憶力には自信があるんですよ」

：そういえば言っていたな
：確かに
：アフレコとか台詞覚え得意だからな
：どうしたんだ唐突に？

「実は脳しんとうの影響で私には記憶の混濁症状があったのです」

：マジか
：記憶が飛ぶとかよくあるな
：深刻な症状だな

「深刻です。かなり深刻です。どうも脳内で勘違いゴリラさんの姿が、リアルゴリラに置き換わったらしくてですね」

：はあ？
：ワロタ
：どういうこと？

「私の高校風景には常にゴリラが写り込んでいるのです。制服を着たスカート姿のリアルゴリラです。相手はクラスメートですし、スクールカースト上位。常にクラスの中心がスカート姿のリアルゴリラです。……たぶん頭の中で勘違いゴリラさんと呼び続けていた影響もあるのでしょう。クラスメートのはずなのに名前も勘違いゴリラで定着して名字も思い出せない」

：スカート姿のリアルゴリラ
：お願いだからこれ以上やめて腹痛い
：これは酷い
：緑地化が進みすぎて砂漠がなくなりそう
：深刻すぎてワロタ
：勘違いゴリラ襲来ってこれのことか
：ここでゴリラパニックのタイトル回収してくるとか
「ぶっ飛ばされたときの記憶は鮮明です。女子高生の制服を着たスカート姿のリアルゴリラの

毛むくじゃらな掌底を食らった映像ですけど。……よく生きていましたね。私の生存こそが勘違いゴリラさんが人間だった証明かもしれません。頭の中は猿の惑星です。掌底の衝撃でイジメてきた相手の姿形の記憶が失われて、女子の制服を着たゴリラで補完されてしまいました。ゴリラ補完計画です」

：ゴリラに殴られていたら確かに死んでいるな
：想像したら腹痛い
：さっきまでクソイタイ女だと思っていたのに今は勘違いゴリラさんに同情している
：ゴリラ補完計画って誰がうまいこと言えと
：発端も勘違いゴリラだけどこれは酷すぎてワロタ
：ここに来てアリス劇場が全開とか草

「実はその一週間ずっと大混乱していました。大作を見終えて、いい加減自分の記憶と向き合おう。本物の勘違いゴリラさんの顔を確認しなければ。私を学校に導くなんてさすがゴリラさんです。スマホに地位を追いやられつつありますが、ナビゲーション性能は現役ですね」

：それは見たい

∴まさか勘違いゴリラさんもリアルゴリラに補完されているとは思ってない

∴カーナビの方はまだ現役なのか？

∴そんな理由で学校に行く気になる奴を他に知らない

「……けれどゴリラさんのナビゲーションも、情報が更新されていないとうまく行かないものです」

∴声が暗くなった

∴ここからまた下げるのか

∴カーナビあるある地図が古いと道なき山をワープしながら走る

∴新設の道路を走ると空を飛んだり海を航海したり

「朝起きて制服に袖を通します。一週間ぶりですね。時間を確認するためにいつものようにテレビをつける。すると事件報道でうちの高校の校門が映されていました。私は世界から取り残されたことを知ります。当たり前ですね。私が引きこもっていても世界は動き続ける。待ってはくれない。変化していくんです」

∴ついにチンコロ事件？

：テレビで知るってことは有名な話？
：全国ニュースか

「ついにチンコロ事件です。校内で起きた刃物による傷害事件。被害者は男子生徒。加害者は女子生徒。原因は痴情のもつれ。死亡者はいません。私が知る四日前にはチンコロ事件が発生して、引きこもっている間に話題の旬も過ぎ去り、終わっていました。全ては手遅れです。気づけば私はネット上で交際相手を去勢するヤンデレ女にされていました。未成年なので匿名ですが」

：……え？
：唐突すぎてわからない
：去勢？
：内容酷すぎ
：あ……知っているかも
：知っている人いるの？
：ゴリラの話からマジのネット冤罪とかくる？
：やばい……一年前でその内容ならネットでかなり祭りになっていた

「ネットはお祭り騒ぎです。チンコロ事件は私が勝手にそう呼んでいるだけ。ネットでは違う名前で広まっています。そのセンセーショナルな内容から、今も語り継がれる美少女アニメ作品になぞらえた名前でナイスボート事件と呼ばれていました」

：……マジでごめんなさい
：一年前で都内の高校……ナイスボート事件かよ
：え？　なに？　急に謝罪しだした人がいるんだけど有名なの？
：……ガチのネット冤罪だった
：わからないけどヤバそうな雰囲気
：本当に自分がネット冤罪に加担していたとは思いませんでした……ごめんなさい
：アリスは脳しんとう起こして自宅療養していたよな
：休んでいたから学校で起こった事件に関われるはずもない
：ゴリラ補完計画からこれは想像できなかった
：マジでごめんなさい当時面白がって色々書き込んでいました

第十八話　収益化記念生配信⑦　―世界は言葉で変えられる―

ネット冤罪。

メディアの報道ではネット特有の現象かのように扱われるがそんなことはない。現実でもデマや陰口で風評被害やイジメは起きる。けれど現実とは異なることもある。

不特定多数への拡散性。

始まりは悪意の嘘や勘違いかもしれない。信じた人が善意と正義感で拡散する。その善意と正義感が不特定多数の人の共感を生み更に広がる。祭りの開催だ。その祭りは盛り上がる期間がとても短い。終わればまたすぐに次の祭りに移っていく。以前の祭りには興味を失い、ネット上に熱狂の痕という残骸だけはちゃんと残して忘れられてしまう。

そうなれば本当に後の祭りだ。終わった祭りに誰も興味はない。どれだけ叫んでも祭りの参加者はもういない。どれだけ「違う」と泣き喚《わめ》いても誰にも届かない。

どう間違いを正せばいい？

戦う手段はありますか？

その答えは簡単だ。

不特定多数からの数の力で貶《おとし》められたなら、不特定多数の数の力を味方につければいい。

ネット冤罪が起こるなら同じ方法で覆せる。

もちろん普通の人にはできない。少なくとも当時の結家詠にはできなかった。不可能だから最初から戦う方法がないと泣き寝入りした。顔出しして告発しても、影響力がない。無視されるだけ。無視されるどころか、悪意に晒される危険性すらある。諦めた。諦めるしかなかった。

ネット冤罪の恐怖。身バレと風評被害に怯えて、引きこもる日々。その中でVTuberの存在を知った。バーチャルなアバターでの活動ならば、顔を隠したまま数の力を得ることができる。

そんな希望に縋《すが》りついて結家詠はVTuberになった。世界に叛逆するために。ネット冤罪を更なる祭りと数の力で覆すために。


けれど本当に正しかったのだろうか？

コメント欄は異様だった。事態を理解した人は少数だろう。大半の人はわかっていない。それでも重く受け止めた。謝罪する人。責める人。困惑する人。急いで検索している人もいるだろう。今日の配信でこうなることは想定していた。

私が起こした惨状だ。ここで止まるわけにはいかない。私が目指すべきは皆が笑顔になる最高に楽しい配信だ。その中には私自身も含まれている。だからこんな形で舞台の幕は下ろすわけにはいかない。

音が漏れないように薄く息を吐く。

この状況でリスナーが聞いてくれる声はどんなだろう。届く言葉はなんだろう。平坦な声はダメ。冷静な声もダメ。堪えているように聞こえてしまう。

結局選んだのはデビュー配信での第一声。できるだけ明るく伸びやかに。万人受けするヒロインボイスで笑いかける。

「はい！　コメント欄だけで盛り上がるのはマナー違反です。謝罪もネタバレも喧嘩もいけません」

マナー違反という強い言葉にコメント欄が止まった。

止まるということは届いている。ならばあとはいつも通りの声で優しく語りかけよう。

「冒頭でも言いましたが配信は楽しむものです。皆様を笑顔にするために配信しています。誰かを責めたいわけでもなく、上から目線で説教するつもりもありません。私の言葉は伝わっていますか？」

語りかけるだけではない。最後の問いかけが大切だ。リスナーの反応を引き出すための重要なテクニック。最初の目的は不純だったかもしれない。でもそのために学習したことは今の私の血肉となっている。

：……おう伝わった
：配信主が望んでいないのにコメント欄で勝手に騒ぐのはマナー違反だな
：楽しまないとな
：……コメントで謝罪するのも自己満の荒らし行為か

「コメント欄の状況を見れば一目瞭然。すでに私のネット冤罪は払拭されました。私は勝ちました。世界への叛逆に成功したのです。勝者に送られるのは称賛であって謝罪ではありません。凄いでしょ。宣言通り下剋上を成功！　ドヤです！」

：アリスの勝利！
：頑張っていたんだよな……たぶん俺らにはわからないところでずっと
：ネット冤罪撃退
：デビュー配信の下剋上を達成か
：配信冒頭で悲劇のヒロインはありえないと宣言していたもんな
：勝者に送られるのは称賛のみ

：何度心折られてもその度に立ち上がって最後は勝つか

「わかっていただけたならばお話の再開です。すでに知っている人もいるようですが、ほとんどの人は知らないと思うので事件について簡単に説明しますね」

：やっと配信が元に戻った
：なんのことかさっぱりだから説明ありがたい
：急に騒ぎ出した人がいたからマジでビビる
：当時の事件は知っているけどアリスの口からちゃんと聞きたい

「当時起こった傷害事件。当初ネットの掲示板には『クズのエリート男子高校生がヤンデレ彼女に去勢された』と掲載されていました。これだけならただのセンセーショナルな事件。多くの事件と同じようにすぐに忘れられたでしょう」

どれだけインパクトのある事件でもネットで話題になるとは限らない。けれどこの事件に関していえばネットが反応する理由があった。

「けれどそうはならなかった。舞台が有名な私立高校。被害者が五股のクズ男。ヤンデレ彼女。去勢。これらのワードが組み合わさり、ネット民に昔話題になった美少女アニメを連想させた。

これはもしかしてナイスボート案件では？　ナイスボートしやがった！　同じ結論に至ったネット民が積極的に投稿します。ネットの祭り開催です」

：……去勢
：五股のクズ男
：検索するとマジで掲示板ヒットした
：どうしてナイスボート事件なん？
：そのアニメ最終回で色々あってな
：ネットの祭りか

「当時のネットの盛り上がりを説明するために、掲示板で記載されていた仮称を流用して説明しますね。被害者の男子生徒M男。加害者の女子生徒はK様。そしてもう一人の登場人物の女子生徒Sちゃん。このSちゃんに関してはネットで捏造された存在です。現実では事件に登場していません」

：……掲示板で本当にそう呼ばれているけど今考えたらアウトだな
：元ネタのアニメがこの名前のイニシャルのドロドロ関係だったから

：ただ面白がっていただけ
：Sちゃんの存在はネットの捏造だったの？
：言われてみれば事件の加害者と被害者以外が登場しているのがおかしいよな
：そこから捏造されていたのか

「そしてもう一つの校内で起こっていた流血沙汰の事件の存在がネットの暴走に火をつけます」

：もう一つの流血沙汰の事件？
：……関係ないのにアリスが巻き込まれた理由って
：流血沙汰ってまさか勘違いゴリラの件か!?
：そんなことってある？

「そう……勘違いゴリラさんの掌底です。ネット上ではこうなりました」
『事件の直前に流血沙汰の事件があった。原因はM男を巡った諍《いさか》い。それがイジメに発展して血が流れたらしい。そのイジメの主犯がSちゃん。イジメられていたのがK様。K様は顔を殴られて大怪我したらしい』

：それでアリスがK様にされたのか
：ところどころあっているのが嫌な感じだな
：勘違いゴリラがSちゃんか

「実は勘違いゴリラさんの件は全く無関係とも言えないのです。被害者は勘違いゴリラさんの先輩彼氏さんでした。私が病院送りなった件がきっかけで、複数人と交際関係にあったことが露見したみたいです。本当に五股かは真偽不明です。マスコミも何股したとか報道しません。ただ二股以上しながら新入生をナンパしていたので他にもあったのかもしれません。そんな痴情のもつれの末にM男さんは交際相手のK様に下腹部を刺された。重傷以上の発表はないので本当に去勢されたかも定かではない。これが事件の本当のあらましです。K様はM男と同級生だったと聞いているので、勘違いゴリラさんも犯人ではありません」

：勘違いゴリラさんも犯人じゃないのか
：K様は現行犯逮捕だったよな
：……本当に男を見る目ないな勘違いゴリラ
：ゴリラパニックが本当にチンコロ事件と関わりがあるとは
：勘違いゴリラさんの勘違いもM男のデマが原因だから因果応報

「ネット上では物語が加速します」

『退院したばかりのイジメ被害者K様はM男に口汚く責められた挙句、別れを切り出されて事件が起こった』

「誰が言い出したのかはわかりません。でもドラマ性があり、筋は通っていますよね。私も関係していなければ、ドン引きしながら信じています」

：これは酷い
：話の筋は通っているけど全部間違っている
：匿名だし犯人が別にいるんだからアリスは大丈夫では？
：……あまい
：ネットで匿名が守られるとは限らない
：むしろ匿名だからK様ではないとわからない
：同時期にその高校に在籍していて学校で殴られて病院送り……特定されるな
：書き込んでいたから知っているけど……アリスはかなりオブラートに包んで説明している
：掲示板は悪ノリが酷すぎるからな……配信できる内容じゃない
：確か妊娠していたとか顔に酷い傷痕ができたとか

：別れ話どころか顔の傷を罵られて堕胎を強要されたとかも書かれていたな
：今掲示板を掘り返したけど……マジで見れたモノじゃない
：少なくとも被害者のはずのM男の本名は晒されていた

「重要ではないのでこれ以上事件の掘り下げはしませんよ。ネットを調べ終えた当時の私は大パニックです。原作のアニメってなに？　M男って誰？　そこで私は大きな失敗をします。調べて見ちゃったのですよ。……あのアニメ」

：なぜ見た!?
：あれほどやめておけと言われていただろ
：ただでさえメンタル弱っているときにあのアニメはダメだろ

「……メンタルブレイクしました」

：……無茶しやがって
：あれは前日にしっかり睡眠を取り、翌日も休みをとっておき、万全の状態を整えて視聴しないことが大事なのに

：結局見るなが正解

：みんなのトラウマアニメ

「男性恐怖症、男性嫌いの重症度が増しました。M男と交際する人のことは理解できませんが、K様には共感しました。個人的にあのアニメを連想させる名称がダメになっていたので、事件のこともチンコロ事件と呼んでいます。あと犯行時K様が言ったとされるネットパロディ『もげちゃえ』は個人的にヒットしました。たぶんK様は言ってないと思いますけど『もげちゃえ』は良かったです。共感です」

：草

：なんでこの話の流れで笑いを取りに来れるんだよ！

：もげちゃえ

：確かに当時ネットで流行《はや》ったけどもげちゃえ

：全方位オールレンジで忍び寄る笑いの刺客が

：これはシリアス……シリアスな話だったよな？

：近年でも最大級のネット冤罪事件だと思うんだが

：ネット冤罪被害者がもげちゃえ気に入るなよ

「メンタルブレイクした私は『もう私が犯人でもいいのでは？』と受け入れかけました。M男は嫌いです。そしてある事実に気づいて、更なるどん底に突き落とされます」

：M男が嫌いで犯人であることを受け入れるな

：そこまで追い込まれたと

：これ以上の底とかある？

「……私はM男と交際関係にあることにされているんです。顔も知らない五股のクズ男と。嫌悪感しかないです。K様ではないと誤解は解けても『交際相手の一人としてM男とつきあっていたんでしょ』と絶対思われますよね。少なくとも学校内ではそうでした。……死にたい」

：ああ……そうなるか

：アリスが事件とは本当に関係のないことを理解してもらうのは難しいな

：相手を去勢するヤンデレ女は受け入れられてもM男との恋人設定は無理と

：勘違いゴリラ……いやM男の嘘さえなければ

：純粋な被害者

：巻き込まれただけでクズと交際歴があると思われるとか

「両親は慰めてくれましたがダメでした。すでに和解済みですが地雷を踏まれました。ネット冤罪で『話せば誤解は解けるから』『人の噂も七十五日』は禁句です。気づけば親に当たり散らして部屋に引きこもる始末です」

：……あちゃ

：悪くはないんだけど

：今みたいに一年経っても検索できるからな

：旬は過ぎてもネットには残る

「そんなときにねこ姉が『今は距離を取った方がいい』と引き取ってくれました。親に暴言吐いてしまったことが気まずくて、意固地に部屋から出なくなった私を見かねたのです。私は着の身着のままねこ姉の家に行き。メイド服で引きこもることになります」

：ねこグローブ先生ナイス

：伊達《だて》に中学二年進級記念で眼帯を送ってない

::立派なお姉さんだなコスプレイヤーだけど
::メイド服それは不退転の不外出の引きこもり決意
【ねこグローブ】::……なんかディスられている気がする

「通っていた高校も中退。通信制に切り替えました。結局M男が誰か知りません。知りたくもないです。本物のK様も知りません。そして勘違いゴリラさんが一番深刻かもしれません。今も顔も名前もわからない。ずっとリアルゴリラのままです」

::糞ワロタ
::忘れていたけどそれがあったな
::一年経ってもそのままならもうずっとゴリラか
::女子高生の制服を着たスカート姿のゴリラの件が放置されていた
::放置される存在感じゃないのに一瞬でも忘れていた自分に驚いた

「もう半分ネタバレ状態ですけど、まだねこ姉の家に居ついたあとの話があります。私がVTuberになった経緯ですね。安心してください。私にはもう事件はありませんから」

：メンタルブレイクしてからVTuberになるまで経緯か
：安心し……私には？
：ねこグローブ先生なにをやったの？
【ねこグローブ】：アリスちゃんが来てから事件なんて……チャーシュー紛失事件とか？
：すぐに思いつくのかよ
：チャーシュー紛失事件ってなんだよ

「ねこ姉違いますよね？　紛失じゃないです。ねこ姉とマネージャーが晩酌のツマミとして無断で食べ尽くしただけでしょ。仕込みを終えて、一晩漬け込む予定のチャーシューだったのに。味も染み込んでいないのに。引きこもりの私でもできる自宅で本格ラーメン計画を台無しにしたことは今も忘れていません」

：ワロタ
：チャーシューを仕込むアリスに驚くべきかダメな大人二人に驚くべきか
【ねこグローブ】：あのときのアリスちゃん本当に怖かった
：引きこもりでもできる自宅で本格ラーメン計画ってなんだよ
：……なんかアリスが楽しそうに生きていて救われる

第十九話　収益化記念生配信⑧　―The Show Must Go On・前編―

目的を果たしたならば舞台の幕を下ろすべきか。

魔王を倒した勇者の後日談。好きな人と恋人になって完結したラブコメのその後の行く末。全国優勝を果たした高校球児の進路。物語の終わりには語られない続きがあるはずだ。

その続きを見たいか。これ以上続けたいと思うか。私なんかに配信のお仕事をする資格があるのか。ずっと悩んでいた。

私は救いの手を差し伸べてくれたねこ姉とマネージャー。拾ってくれた虹色ボイス事務所と同期生の仲間に先輩方。そしてリスナーの皆に感謝している。

私は今この配信を心の底から楽しんでいる。


ネット冤罪は晴れました。

ネット冤罪を晴らすためにVTuberになりました。

すでに目的を果たしたならばVTuberでいる意味は？

その答えはすでに出ている。

だからあとは伝えるだけ。

「ねこ姉の家で引きこもり生活を始めます。お世話になるので家事ぐらいしようと思い立ちました。そこで気づきます。服を含めて生活雑貨もなにも持ってきてないと。普通なら買い出しに行くのですが、私には外に出る勇気もありません」

：家事えらい
：着の身着のまま言っていたからな
：メンタルブレイクしているし仕方ない
：大丈夫とわかっていても外に出る勇気はないよな。

「申し訳ない。そう思いながらもねこ姉に相談すると、メイド服を渡されました。その日から私はメイド服以外着ない決意をします。外に出なくていいので。家事はしますが、買い出しは通販かねこ姉にお任せです」

：おい!?
：やはりねこグローブ先生が諸悪の根源
：なぜメイド服を持っているんでしょうね
：服がないならメイド服を着ればいいじゃない

【ねこグローブ】：一応他の服も用意していたよ
：ナース服
：チャイナ服
：ゴスロリ
【ねこグローブ】：……ラインナップは伏せます
：完全にコスプレ衣装しか用意してないなこれ

コメント欄でねこ姉とリスナーがじゃれているが無視して続けよう。
「ねこ姉の家での生活に馴染んだ頃、ある女性が家を訪ねてきました。私の今のマネージャーです。ねこ姉の元コスプレ仲間で大親友と紹介されました。そこで二人がVTuberの仕事をしていると知ります。ねこ姉がイラストレーターをしているのは知っていましたが、VTuberのモデリングもしていることは知らなかったのです」

：マネージャーとの出会いか
：ねこグローブ先生は虹色ボイスのアバターデザインをアリス以外にもやっているからな
：環境は整っていたと
：普段着メイド服の引きこもり少女とかキャラが立ちすぎ

「ねこ姉デザインだから私の姉妹になるのでしょうか。一期生の花薄雪レナ先輩。二期生の黄楓ヴァニラ先輩。この二人の活動を中心に虹色ボイスの配信を見るようになります」

：同じママを持つ姉妹

：レナ様も歌うまいよな

：……ヴァニラか

：私以外に起こった事件ってまさか

「楽しかったです。想像以上の盛り上がり。夢中になる人の多さ。けれど同時に私は冷めてもいました。人間不信にネット不信をこじらせていましたから。私がなっても身バレして笑いものにされるだけ。どうせこの人達もネットの悪意に晒される。そして私の予想通り事件が発生します。そう……ロリコーン事件です」

：ここでロリコーンも関わってくるの？

：ロリコーンどもマジで許すまじ

：本当に害悪だな

：……ネット冤罪に加担してしまった俺が言う資格ないけど荒らし誹謗中傷粘着はやめよう

「私はやっぱりとしか思いませんでした。しかもアバターと本人のイメージが違う。そんな理由で粘着です。黄楓ヴァニラ先輩の演者さんは背の高いモデルのような美人さん。けれど可愛らしいロリボイスでした。容姿と声にギャップがあります。ねこ姉から聞きましたが黄楓ヴァニラ先輩はそのギャップがコンプレックスだったようです。だからロリっ子アバターを希望した。それが黄楓ヴァニラ先輩の誕生の裏側。それなのに最悪の形でコンプレックスを誹謗中傷されて、活動休止に追い込まれてしまいました」

：……コンプレックスだったのか

：粘着具合も酷かったからな

：犯人共は黄楓ヴァニラには興味がないのにVTuberを笑い者にしたいだけのアンチ

：虹色ボイスは一期生が元声優として有名だったから狙われていたんだろうな

：黄楓ヴァニラは荒らしどもの集中攻撃受けた被害者

「私は再度ネットに失望です。失望しかけたんです。けれどディスプレイに目を向けると黄楓ヴァニラ先輩への再開を望む声と『今は休んでいい』『ずっと待っているぞ』という声援が溢れていました」

ネット上にはロリコーン事件に本気で怒り、黄楓ヴァニラ先輩を心配する書き込みが多かった。復帰を待ち望む声。このとき私は思い違いを認識したのだ。ネットは他人の醜聞を騒ぎ立てて楽しむところだと思っていた。けれど違うのだ。

悪意の声は目立つだけ。ネット上にも普段声を上げないだけで良識を持つ人は多い。

活動休止という結果にはなったロリコーン事件のときは善意の書き込みが溢れていた。黄楓ヴァニラ先輩を好きだったリスナーが声を上げたからだ。

私にはその光景が希望に見えた。

応援は力だ。悪意に負けない力になる。

：今も黄楓ヴァニラの復帰を待っているぞ

：あの甘々ボイスが聞きたくなる

：購入した甘ロリボイスを今も定期的に聞いている

黄楓ヴァニラ先輩を待つ声がコメント欄に届いていた。今も先輩は忘れられていない。

「ネットは善意と悪意が表裏一体です。数が多いから圧倒されますが、悪意だけではない。いえ悪意が目立つだけで善意の方が圧倒的に多いでしょう。私はネット冤罪との戦い方を見つけた気がしました。数は力です。数は権力です。白も黒にしてしまえる暴力です。そして黒に塗り替えられたモノを白に戻すのも、また数の力ではないか。それが真宵アリスの始まり。私がVTuberになろうとした原点です」

：ロリコーン事件がきっかけか
：逆転の発想というかよくそう思えたな
：ネット冤罪を晴らすためにVTuberか
：環境が調っていたのもあるだろうけど
：普通はどん底から這《は》い上《あ》がろうとしても動き出せない
：俺に社会的な死を与えたアリスの第一声が下剋上だったのが感慨深い
：まさか電車内で下剋上長文兄貴？
：いたのか
：そりゃあいるさ！　これでもデビュー配信から追いかけている古参リスナーだからな！

「ねこ姉もマネージャーも私のアフレコ趣味とか知っていましたし、能力的には大丈夫だからと後押ししてくれました。縁故ですけどちゃんと審査もありました。アフレコや歌の音声データの提出です。アフレコはかの新世紀な大作とあのトラウマアニメ全話の一人全役です。もげちゃえ」

：……それ送られたら採用だな
：縁故関係ない
：落差が酷い
：歌も上手いけどアフレコが壮絶すぎる
：採用担当がトラウマ背負わなければいいけど

「そこからは皆様が配信で知っての通りです。VTuberになった目的も果たしました。私の物語はめでたしめでたしです」

：おー

：……え
：不穏な終わり方しないで
：目的果たしたから引退とか言うなよ
：え……そういう意味なの？

「大丈夫です。辞めません。ただデビュー前の私は本当にダメでした。目的を果たしたら辞める。ねこ姉とマネージャーを裏切りたくないから続ける。先のことをなにも決めていない。本当に未来なんて考えもしなかった。過去しか見ておらず、後ろ向きだった。利己的な願望でVTuberになってしまった。でもデビュー配信で過ちに気づいたんです。ここは楽しむ場所だ。リスナーの皆様を笑顔にするために配信するべきだ。私みたいな不純な動機の人間がいていい場所ではない」

この一ヵ月。溜まっていた自責の念が溢れて語気が強まっていた。

::仕方ないだろ
::動き出しただけで凄いよ
::ネット冤罪に晒されたんだし
::辞めないって言ったよな

「目的を果たすだけならデビュー配信のときにできたと思います。同時接続者四万人。数は十分です。全てを話して。泣き喚いて。台無しにして。事務所に迷惑かけて。それでも目的は果たせたと思います」

けれどできなかった。私が続けたいと願っていたから。

::確かにあのときでもできたな

：デビュー配信か……ネットの悪意にさらされて引きこもりになったのによく配信できたな
：……泣いて喚いてか
：ただただ圧倒されて凄い新人出てきたとしか思わなかった自分が情けない

「同期生の配信でVTuberになった理由を聞きました。ちゃんと未来を見ていました。恥ずかしくて自己嫌悪に陥りました。配信を始めると楽しかった。引きこもって人間嫌悪を装っても、誰かと話すのに飢えていた。笑ってもらうのが嬉しい。思いつきで話しているように装いましたが、本番前に必死で考えて流れを作っていたんです。そこまでやったのに自分がVTuberになった理由が話せなかった。中途半端に逃げました。今じゃないと言い訳して逃げたんです」

：デビュー配信の裏側か
：そんな気持ちでやっていたとか
：アリスは天才だけど不器用そうだからな
：だからデビュー配信の最後は様子がおかしかったのか
：歌に全て流されていたけど

過去を話し終えてしまった。今度こそちゃんとリスナーと向き合おう。

「今日の冒頭でも筋が通らないから収益化していないと誤魔化しました。私はただ収益化する勇気がなかっただけです。真面目ではなくただただヘタレなだけ。こんな中途半端なままで心根のままでは収益化してお金をもらえません」

：アリスは真面目すぎる
：責任感強い方が精神的に潰れて病みやすいというけど
：俺なら金目当てですぐに収益化を解禁してる……なんか恥ずかしくなってきた

この収益化配信は私がちゃんとしたVTuberになるための配信だ。
「改めて決意表明します。私の少ない会話デッキの中でも一番強いカードです。一番好きな言葉。私の座右の銘。The Show Must Go On。皆様この言葉を知っていますか？」

第二十話　収益化記念生配信⑨　―The Show Must Go On・後編―

――The Show Must Go On

決意表明は結家詠がするべきだろう。

相手は顔の見えないディスプレイの向こう側。数字としては十万超え。十万人に伝わる言い方なんてわからない。わからなくても心がけていることはある。

神様に願うときは誰も言葉を飾らない。本当に届けたい言葉はいつも真っすぐ素直だ。その方が想いも伝わると信じている。

息を長く吐いて呼吸を調える。余計なことは考えない。アフレコや歌う前のように心を空っぽにしていく。

さあ祈るように言葉を詠《うた》おう。

「一つ目は直訳です。『The Show Must Go On』

「『ショーは続けなければならない』」

「一度幕を開けたショーはなにがあっても演じ切りなさい。台詞が飛んでしまった。用意されているはずの小道具がない。衣装が破れてしまっている。停電により舞台が真っ暗になってしまった。様々なトラブルが起こります。けれど舞台を止める理由にはなりません。舞台に立つのならば最後まで演じ切りなさい」

：かっけー
：鳥肌たった
：急に声がかわった

「これは舞台に立つ者の心得として用いられます。おそらく最初はこの意味だけだった。けれどアメリカのショービジネス業界では若者に贈る言葉として意味が深くなりました」

：若者に贈る言葉
：そうなの？
：アメリカのショービズ用語とは聞いたことあるけど

「二つ目は意訳です。『The Show Must Go On』
『夢を諦めるな』」

「舞台に夢見た若者よ。スターになることを志した若者よ。舞台に立つことを許された若者よ。どんなときでもショーの幕を上げなさい。誰もいない観客席。見てももらえないつらさ。冷たい視線。浴びせられる野次。ショーを投げ出す理由にはなりません。今日はダメでも明日はあなたの舞台を見に来る客がいるかもしれない。評価してくれる人がいるかもしれない。舞台に立つ資格を与えられたあなたがショーをやめることは許されない。スターを夢見るならばどんなに不遇でも公演を続けなさい。いつチャンスが訪れてもいいようにショーを続けなさい」

……そんな意味だったのか

……ショービズに限らないメッセージ

……必ずしも諦めなければ夢は叶うわけじゃないけど行動しないと叶わない

……アメリカのショービズが強いわけだ

「ほとんど人のいない観客席。それでも公演期間を休むことなく演じ切った。そして迎えた最終日。最後までまばらな観客で幕を閉じる。その苦悩が演技を磨き、その姿勢が観客やスポンサーを魅了することもある。この言葉は多くのVTuberに向けたメッセージにもなりそうですね。私には視聴者数ゼロから這い上がる自信はありません。それを成した人は強いと思います」

結家詠として笑いかける。こんなにも多くのリスナーがいることを噛みしめて。

：なんか圧倒される
：……簡単じゃないけどアリスならゼロからでもと思わなくもない
：アリス劇場
：今も努力している人に本当に刺さりそう

「三つ目は私が尊敬するロックスターの一曲です。『The Show Must Go On』
「『この身がどんな悲鳴を上げようとも私は歌う。命ある限りショーは続けてやる』」
「多く語る必要もないでしょう。病魔に侵されて助かる見込みがない。身体はずっと悲鳴を上げている。病気以外にも様々な困難に襲われる。もう終わりは近い。苦しみの果てに狂気への序曲は始まっていた。それでも輝ける日々を胸に彼はロックスターであり続けた。そんな偉大な歌手の生き様です」

いつのまにかコメント欄の流れが止まっている。デビュー配信のときはあれだけ不安だったのに、今は微塵《みじん》も不安にならない。リスナーを信じることができている。

私の言葉はちゃんと皆に伝わる。

最初はただカッコいいからこの言葉を座右の銘に掲げた。

ただの憧れ。トラブルが起こったらショーをやめる自信があった。視聴者ゼロで生配信する自信はない。そこまでVTuberに特別な思い入れもなかった。ロックスターの生き様にはただただ圧倒された。全てが自分に当てはまらなくて憧れただけだった。

それなのに今の私は全ての言葉を力強く、想いを込めて伝えることができた。

ちゃんと共感できたから。憧れただけの私はもういない。どんなトラブルが起きても配信可能なら続けたい。せっかく集まってきてくれた皆を楽しませたい。視聴者ゼロで生配信ライブする自信は今もない。でも泣いて悔しがる自信はある。だってちゃんと見に来てほしいから。

いつの間に私は真宵アリスであることが好きになっていた。かのロックスターのように、真宵アリスとして舞台の上で輝き続けたいと願っていた。

ようやく『The Show Must Go On』を自分の中に落とし込むことができたのだ。

数の力を利用しようと始めたなら、ちゃんと数の力に応えよう。

「最後は私の座右の銘です。『The Show Must Go On』

『あなたが望んでくださるならば私はショーを続けましょう』」

「これは夢も気概も覚悟もなくショーの幕を上げてしまった。そんな愚か者が必死に考えた決意表明です。配信していて楽しかった。目的を果たしても辞めたくないと思った。これからなにをしたいのか。それもわかりません。ただ続けたい。真宵アリスでいたい。けれど私は皆様を数の力としか見ずに利用しようとした愚か者です。舞台に立つ資格があるのかも自分ではわからない。結局その答えさえも誰かに委ねるしかない。そんな受動的で後ろ向きな愚かな者が必死に考えたVTuberを続けるための決意表明です」

：ある意味一番共感できる理由かもな
：つまり応援すればいいんだろ
：楽しいから続けるでいいのに
：いいと思う

私の話は終わった。あとはいつも通りの名乗りを上げよう。

「それではやる気充電完了。お仕事モード起動。皆様改めてよろしくお願いします。世界への叛逆を成功させたけど、反省ばかりの新型駄メイドロボ真宵アリスです。本日は私の収益化記念配信にお集まりくださりありがとうございます。今から収益化を開始します」

口調はいつも通りのヒロインボイス。軽く目を伏せてカーテシーを決める。それはアバターだけではなくて。

設定を変更させたあと、誰もいない配信部屋で結家詠も同じポーズを決めていた。単純にディスプレイを見る勇気がなかっただけ。ここまで収益化を引っ張って誰にも応援されなかったら新たなトラウマでしかない。

結家詠はそっと顔を上げてディスプレイを見る。
……そしてドン引きした。

：感動した――50000円
：最後ずるいだろ――11874円
：今日色々ありすぎた――20000円
：散々待たされたご祝儀――50000円

「え？　コメント欄が真っ赤ですけど。皆様大丈夫ですか？　赤はダメでしょ赤は！」

：この幼女札束で叩けるぞ――20000円
：絶対に笑ってはいけないと言ったのはアリスだろ――50000円
：上限以上に笑ったから仕方ない――50000円
：一笑い百円レートです――8888円

「誰が幼女ですか！　絶対に笑ってはいけない企画は冗談です。本気にしちゃいけません。あと百円レートで一と十の桁が入っているのはおかしいです！」

：ナイスツッコミ代——10000円
：すみません笑いの数を数え間違えたので追加で——11112円
：今月の治療費です——30000円
：応援しなければ引退と言われたので——50000円
：——50000円

「合計二万円は絶対に数えていませんよね。それに治療費は振り込まないで！　応援は嬉しいですが赤スパチャは重いです。重いのはダメです。無言上限もいけません」

：三期生がそろって無言上限しているのが笑える——3333円
：一期生もいた——1111円
：二期生は……ヴァニラ以外か——222円
：——50000円
：ヴァニラ参戦した！——2222円

「えっ！　同じ事務所の人がなにやっているんですか？　私も投げるべき？　手数料を取られるだけでは？　って黄楓ヴァニラ先輩!?」

：マナー違反すまんヴァニラ復帰待っているぞ――10000円
：俺も甘党として待っている――10101円
「ヴァニラ先輩へのメッセージはご自由にどうぞ。でもスパチャはいりません。普通のコメントでお願いします。ここで投げてもお金はヴァニラ先輩に届きません！」
：配信主のお許し出たヴァニラ待っているから――30000円
：見たことなかったけどヴァニラさんに応援します――4649円
：復帰待っています――50000円
「だからスパチャはいりません！　赤スパチャは本当に重いんです。もっと気軽に配信させてください！！！」

第二十一話　これからもよろしくお願いします

収益化記念のご祝儀祭りは配信の終了予定時間ギリギリまで続き。結家詠の中に新たなトラウマが生まれようとしていた。

「……スパチャ怖い。期待が重い。夢も気概も覚悟もない幼女を札束で叩く世界が恐ろしい」

：ついに自分で幼女言い始めたなこれで上限――1000円

：トラウマ持ち引きこもりの未成年に酷いことをこれで上限――3939円

：スパチャ連投して上限アピールする悪い大人もいるからな上限――2828円

【ねこグローブ】：お祭り騒ぎももう終わりかな？

：ねこグローブ先生来た――5151円

【ねこグローブ】：なぜ私でスパチャ？　じゃなくてアリスちゃん呼び出しだよ

「……ねこ姉。呼び出し？」

【ねこグローブ】：デビュー配信でやらかしたからパソコンに事務所との直通通話機能入れた

でしょ
：事務所からの呼び出しは草
：なんか真面目な話？
：デビュー配信でもやらかしていたな
【ねこグローブ】：ミュートにしているみたいだけど配信切らずに出なさいと圧力が……私に
：ねこグローブ先生不憫《ふびん》――4444円

「事務所から？　着信件数が九十九プラス……上限超えてた」

：それは草
：早く出なさい――8484円
：最後になんかあるのか
：事務所から電凸くらうVTuberか

「……怖いけど出ます。もしもしマネージャーな――」

『生配信でチンコロチンコロ連呼していいわけあるかぁ――――！』

キーンというハウリング音。

配信にもコメント欄にも沈黙が訪れる。

あまりの切実な叫びに理解が追いつかない。ただ理解できなくてもなんとか常識と照らし合わせることはできた。

「……ごもっとも？」

『わかるならなんで言った！　発言には注意しなさいとあれほど言ったよね!?　アリスは天然なところあるから。配信内容は良かったよ。面白かったよ。最後は私も感動したよ。でもずっと気が気じゃなかった！　冒頭三分でチンコロ言ったよね。ずっと電話かけていたけど無視されるし、ねこの奴は笑い転げてるし――』

マネージャーがまだ何か言っているが耳に届かない。ようやく理解が追いついてきた。

チンコロはヤバい。チンコロ事件は確かにヤバい。

「ＢＡＮですか！　もしかして収益化配信でＢＡＮ？　チンコロＢＡＮですか？　せっかく今から頑張るぞって応援もらったのに収益化取り消しで削除ですか!?」

『だからチンコロ言うな！』

「マネージャーも言っているのに！」

『……ごほん。まだわからないけどうちの担当と協議して、センシティブな意味はなく事件の名前。固有名詞で通すつもり。審判を待ちなさい』

「……はい」

あまりの正論に呆然としているとコメント欄が大草原になっていた。

：草しか生えん
：ヤバい糞ワロタ
：すでに上限で送れるスパチャがないのが残念すぎる！
：冒頭からチンコロ事件はいいのかと疑問だったけどやっぱり事務所的にアウトか
：最後にマネージャーのツッコミがおもろすぎる！
：チンコロの意味とかそのまんまだからな
：これでＢＡＮとかなったら完全に伝説だろ

コメント欄が大草原で萌えあがっている。

せっかく応援してもらえているのに……いや……これは本当に応援なのだろうか。

「えーと……もしかすると収益化取り消しで一から再スタートかもしれませんけど。皆様応援してくれますか？」

：おう！
：当たり前
：最後までこんな凄い配信初めて見た
：怪物新人現る
：マネージャー面白すぎ
：約束された面白さ
：最後で持っていかれたけど最初から最後まで
：伝説になったな
：応援するしかない
：応援する限りやるんだろ
：なら永遠に辞められないな
：トラウマのはずなのに語りが上手すぎて腹痛い
：今度は歌も待っているぞ
：だから続けてくれ

もう笑うしかない。

こんな応援があれば収益化が飛んでも大丈夫だろう。

どんなにバカをやっても続けられる気がする。

これにて本日の公演の幕は降りる。けれどまたすぐにショーの幕は上がる。公演期間の終わりは決まっていない。望んでくれる人がいるならばショーは続けなければならない。


——The Show Must Go On

「はい！　それでは予定時刻です。お仕事モード終了。今日は長く付き合っていただきありがとうございました。やっぱり世界に叛逆しなくてはいけない気がする反省が必要な新暴走型駄メイドロボ真宵アリスでした」

閑話 メンバーシップ特典めざましボイス

「――おきてくださいマスター」


朝の微睡《まどろ》みの時間。

聞こえるのは抑揚のない平坦な声。身体を揺らす手にはほとんど力が込められていない。まるで更なる深い眠りにいざなう揺り籠のようだ。

「朝です。起きてくださいマスター」

耳をすませてようやく意味が浮かびあがる。

寝ぼけた頭で「起こすための努力が足りん」と理不尽な言い訳をしながら、お布団様に感謝の祈りをささげる。

それでも声の主は起こすことを諦めない。

「朝です。起きてくださいマスター。最近のチューブ調味料は充実しているんです」

ぼんやりとした思考が違和感を訴えてくる。抑揚のない声も力の弱い手も変わらない。けれど聞き逃したら絶対に後悔する気がした。

「攻撃力に定評がある定番のわさびと和がらし。初心者向けのおろしショウガとニンニク。あと引くつらさの柚子胡椒《ゆずこしょう》。変わり種で豆板醤《とうばんじゃん》やツナマヨも用意しています」

なぜこの子はお手軽チューブ調味料のことを語っているのだろう。

わからない。なにもわからない。

チューブ調味料の攻撃力とはなんだろうか。それに豆板醤にツナマヨ。嫌な予感しかしない。

脳の深いところから早く起きろと警鐘を鳴らされている。心拍数は上がってきた。

けれど寝起きの悪さから脳が緩慢にしか動いてくれない。

声の主はまだ起きない私を揺するのをやめていた。

代わりに主の陽気な歌声が聞こえてくる。

「右の鼻の穴にはショウガ♪　左の鼻の穴にはニンニク♪　えっ、物足りない？　やっぱり定番のわさびと和がらしでいってみよう♪」

「それはいっちゃダメ！」

ガバッと布団を跳ね除《はの》けて起き上がる。生存本能が覚醒した。お布団への執着も生命の危機には勝てない。

横を見るとメイド服を着た無表情な少女がいる。

陽気な歌声とは裏腹に無表情だ。それなのにとても残念そうだ。

手に持っているのは歌の通り緑のわさびと黄色い和がらしのチューブ調味料。床にはニンニク、ショウガに柚子胡椒。豆板醤に本当にツナマヨまである。それだけではなくて、なぜか瞬間接着剤も置いてあるのは無視しよう。触れては危険だ。

さっきまでふざけ倒していたとは思えない無表情で少女は挨拶を始める。

「マスターおはようございます。朝です。今日も一日が始まりました。マスターの今日の運勢は七位と微妙です。刺激的な出会いがあるかも。ラッキーカラーはライムグリーンです」

「……ええ。おはよう。起こしてくれてありがとう。すでに刺激的な出会いはあったわ」

ペコリと頭を下げてメイド服の少女は部屋から出ていった。

人間にしか見えない。けれど耳を覆い隠すほど巨大な送受信アンテナが異彩を放っている。

少女が人間ではなくメイドロボである証だ。

今は諸事情によりアンテナは機能していないが、時折とても大事そうに磨いているのを見ることがある。人間ではなくメイドロボであろうとする少女の拠《よ》り所《どころ》なのだろう。


名前は真宵アリス。


なぜか台風の日にビールケースを持って河川敷にいた私を止めてくれたのが彼女だった。酒に酔った勢いって怖い。プラカードで殴られた気がするが酔っていたので理由はよく覚えていない。二日酔いの介抱をしてもらったことだけは覚えている。

介抱後、すぐに出ていこうとするアリスを家に引き留めたのは私だ。

先ほどの起こし方も含めて全てが異常。

アリスが壊れていることがわかったから引き留めた。

彼女には行く宛てがないのだ。

普通のメイドロボは自分と主を守る以外の目的で人間を攻撃できない。許可なく家に上がることもできない。他人の二日酔いの介抱という理由で主を一日放置することもない。

なにより真宵アリスは心を持っている。

それはこの世界のタブーだ。

野良メイドロボを拾って勝手に家に置くことは違法だ。

けれど心の所持はそれどころの問題ではない。

心を持てばロボットが人間に危害を加える可能性がある。

そのためロボットの心の所持は許されてはいない。国に見つかれば真宵アリスはその場で破壊される。製造も存在の隠蔽も重い罪に問われる。真宵アリスには未来がないのだ。この世界に居場所がない。

だからアリスは拒絶した。

迷惑なふりをして、すぐに出ていこうとした。私を犯罪者にしないために。

『酔った勢いで台風の日にビールケースを持って河川敷に行く女を放置していいのか』

そう説得するとアリスは固まった。

苦し紛れだったが踏みとどまってくれた。人間の世話をしたいのはメイドロボの本能。マジでこの人を一人で放置して大丈夫かという危機感。

色々な葛藤の末、アリスは私の家に住み始めた。ただし条件付きだ。

『この家にいるのは私の意志。マスターの申し出ではない。マスターはプラカードを持ったメイドロボに急に襲い掛かられた。家に置かないと今度はプラカードの角で叩くぞ、と脅された被害者です。もしものときはそう言ってください』

こうして私達の共同生活が始まった。

私は寝巻のままボサボサ頭を手櫛で軽く整えてリビングに向かう。

テレビからニュースの声が聞こえてきた。テレビの前のソファーはアリスの固定位置だ。面白がっているわけではない。情報に飢えているのだ。

メイドロボは本来ならば耳についたアンテナからネットにアクセスできる。眼球カメラでテレビを見る必要がない。けれど存在が許されていないアリスは自らアンテナを閉ざしていた。アクセスすれば心の所持が発覚して位置まで特定されてしまうから。

だから情報を得るためには人間と同じように見聞きするしかない。

なによりアリスは人間が好きなのだろう。家に引き込もりながら、外の世界に憧れを抱きテレビにかじりついている。

「アリス。今日の朝ご飯は？」

「……マスター。朝ごはん食べる前にちゃんと身なりを整えてください」

「えー今日はずっと引きこもって絵を描くつもりだから、別にこのままでも」

「ダメです」

アリスがテレビを消して、ソファーから立ち上がる。

私は背中を押されて、洗面所に誘導された。顔を洗い、歯を磨き、シャワーヘッドで軽く髪を濡らして、アリスにドライヤーで整えてもらう。

これがいつもの私達の朝だ。

「それでアリス。今日の朝ご飯は？」

「米と麦。どちらがいいですか？」

アリス独特の言い回しで質問が返ってきた。

ここでご飯かパンかを聞かれているなどと安直に考えてはいけない。

この言い回しは『なにが食べたいのですか？』『なんでもいい』のやり取りを繰り返した結果だ。キレたアリスが学習して、このような問いかけに落ち着いた経緯がある。

パンが食べたくて適当に麦と答えたら、朝から特盛のインスパイア系ラーメンを出されたこともある。もちろん『残さず食え』という圧力付きだ。

そのときから食事のリクエストを曖昧に答えるという選択肢は私の中から消えた。

「今日は炊いた白米が食べたいかも。それとベーコンエッグとか」

「わかりました。ただ野菜たっぷりの牛肉スープがついてもいいですか？」

「お願い。あっ……ツナマヨもつけておいて」

「了解です」

米とだけ答えるとビーフフォーが用意されていたらしい。

アリスにしては無難な意趣返しなので、今日は機嫌がよさそうだ。たまに米でも麦でも両対応のライスコロッケが朝から用意されていることもある。

私の髪を整え終わったアリスはそのままキッチンに向かった。

その後ろ姿を見送りながら私は祈る。

アリスの過去を知らない。この生活がいつまで続くかもわからない。今日にも政府の役人が家に来る可能性がある。そうなれば私は捕まり、アリスは破壊されるだろう。それは遠くない未来かもしれない。

だから今日一日を無事に過ごせますように。

少しでも長くこの幸せで穏やかな日が続きますように。

今日という幸せを噛《か》み締《し》めて一日を頑張ろう。

いずれ必ず来る別れのとき、後悔しないために。

キャスト
ナレーション：真宵アリス
真宵アリス役：真宵アリス
マスター役：真宵アリス
テレビの音声：真宵アリス
BGM：真宵アリス

シナリオ
真宵アリス（即興）

制作期間
録音含めて一時間

「ぅ……えぐっ……くすん」

「ねこ姉。前から言っているけど、身内に配信を見られるのは割と拷問だよ。それなのに身内がメンバーシップ特典のめざましボイスをヘビロテしながら、号泣しているとか。もうどうしたらいいのかわからないよ」

「うぅ……だって……だってうたちゃんが！」

ねこ姉が泣いている。私にしがみつきながら泣いている。

ここ数日の朝の日課みたいなものだがどうすればいいのだろう。泣くなら聞かなきゃいいのに。そう提案すると「ヤダ」と駄々をこねられる。

ねこ姉の頭を撫でながら途方に暮れているとスマートフォンが鳴った。表示される名前はマネージャー。こんな朝に事務所から電話がかかってくるとは珍しい。

「マネージャー。おはようございます。なにか御用でしょうか？」

『おはようアリス。急にごめんね。ねこの奴が電話に出なくて』

膝を見るとねこ姉が泣いている。

スマホの通知には気づいてもなさそうだ。

「ねこ姉なら泣いていますけど代わりましょうか？」

『あー……ならいい。急ぎの依頼ではないし。一度ハマると数日使い物にならないうえに感想を語られても面倒だし』

さすがは長い付き合い。

ねこ姉の扱い方をわかっているようだ。

「了解しました。要件はそれだけですか？」

『待って。……アリスにも聞きたいこともあるから』

「聞きたいことですか？」

少し声が暗いのが気になる。

深刻な話でなければいいけど。

『おかげさまでアリス劇場メンバーシップ特典のめざましボイスは色々な意味で大反響。メンバーシップ登録者も急増しているわ』

「そうなんですね！　喜んでいただけて良かったです」

『でも私が依頼したのめざましボイスよね。質が良かったからそのまま載せたけど』

「ん？　めざましボイスですよ」

『……めざましボイスってどんなのかわかっているの？』

なぜ尋ねられたのだろう。

解《げ》せぬ。

「わかっていますよ。朝、起きられるように目が覚めるような声かけ。そして今日も一日頑張るぞ、と思えるようなメッセージですよね」

『合っている。……合っているわね。でもメッセージ性強すぎない？』

「メッセージ性？　あー『今日のご飯なにがいい？』に対する『なんでもいい』の返事への怒りというか。具体的にリクエストしてほしい、というメッセージが余計でしたか？」

　あれは本当に困るのだ。

　具体的すぎても困るし、味付けにうるさいのも面倒だが。なんでもいいはダメ。

　ご飯かパンか麺類か。なに肉がいいとか。どこの国の料理かも指定してくれるとプランが立てやすい。

　食べたいものがあるならちゃんと言おう。

『そのメッセージはとても痛感している。……本当に伝わったわ。伝わったから大丈夫よ。ただ第一弾の真宵アリスがこれだったから、他の三期生が頭を抱えていてね。ハードルが高いとか。ハードルというよりすでに走り高跳びとか。棒高跳びにしか見えないので補助くださいとか』

「皆になにやらせているんですか？　陸上競技連盟からの企業案件？」

『……めざましボイスのはずだったんだけどね』

　マネージャーが朝から黄昏《たそがれ》ている。朝だから曙《あけぼの》ってる？

　仕事が忙しいのだろう。少し話題を変えよう。ちょうど気になっていたことがあったのだ。

「そういえばマネージャー。私も聞きたいことがあったんですけど」

『なにかしら。アリスから質問って珍しいわね』

「今回メンバーシップ特典でめざましボイスやりましたけど、次はおやすみボイスですか？」

『この続きでおやすみボイス？　……やめて。早まっちゃダメ。冷静に話し合いましょう。ちゃんと具体的にリクエストするから。お願いだからこの流れでおやすみボイスはやめて！　物事には段階というのがあるの。二人の絆《きずな》を深める甘々エピソードを挟んで！　糖分って需要あるから！　いきなりおやすみボイスはダメ！』

マネージャーがなぜか慌ててまくし立ててきた。

「糖分に甘々？　マネージャーがなにを言っているのかわかりません。安らかに眠るためのおやすみボイスですよね？」

『……安らかに眠るの意味が合っていることを祈るわ』

あとがき

あなたも真宵アリスを推しませんか？

ご購入ありがとうございます。

初めましての方は初めまして。ご存じの方は、皆様の応援のおかげで書籍として形にすることができました。本当に感謝の念に堪えません。

私はめぐすりと申します。目薬アレルギーでもう二度と目薬をさすことができない人と覚えていただければ幸いです。

デビュー作を出したばかりの新人。それなのにご存じの方と呼びかけたのは『引きこもりVTuberは伝えたい』という作品が、小説投稿サイトのカクヨムに掲載されているからです。

投稿開始は約二年前の二〇二一年の十二月。そこから一年半連載して、二〇二三年の五月に完結しました。

この第一巻は第一章の内容を大幅加筆したものです。完全に書き下ろした新しいシーンもありますが、主に書き加えたのは、各所の演出面と心理描写の部分です。

ストーリーは変えていませんが、ＷＥＢ版よりも深く真宵アリスの内面を知ることができるはずですので、カクヨムの読者にも楽しんでいただける一冊になっております。

この作品は全六章編成。文量ではこの第一巻は全体の十分の一の内容です。

第一巻の内容は真宵アリスの一人舞台。カクヨムの読者の方からは「第一章は序章」とさえ言われております。ここから個性豊かな仲間が一気に登場し、真宵アリスの活躍の場も広がって行きます。真宵アリスが主人公という軸はブレないので群像劇ではありませんが、虹色ボイス所属のVTuber総勢十二名の活躍を楽しめる箱推し可能な作品です。

これは引きこもりの少女が主人公になるための物語。

第一章の段階で最終章までの話の流れはできていました。真宵アリスの活躍。その活躍は他のメンバー全員に影響を与えて成長を促していく。そして真宵アリスも他のメンバーとの交流で成長していく。話が進むほどに全ての内容が繋がりを見せます。

また第一巻は『The Show Must Go On』でしたが、各章のテーマとなる名言の意訳も見せ場の一つなので楽しんでいただければと思います。

今後ともよろしくお願いします。

電撃の新文芸

引《ひ》きこもりVTuber《ブイチューバー》は伝《つた》えたい

著者／めぐすり
イラスト／popman3580《ポップマンサンゴハチゼロ》

2023年12月17日　初版発行

発行者／山下直久
発行／株式会社ＫＡＤＯＫＡＷＡ
〒102-8177　東京都千代田区富士見2-13-3
0570-002-301（ナビダイヤル）
印刷／図書印刷株式会社
製本／図書印刷株式会社

【初出】……………………………………………………………………………………………
本書は、カクヨムに掲載された『引きこもりVTuberは伝えたい』を加筆・修正したものです。

ISBN978-4-04-915392-7　C0093　Printed in Japan

ファンレターあて先
〒102-8177
東京都千代田区富士見2-13-3
電撃の新文芸編集部

「めぐすり先生」係
「popman3580先生」係

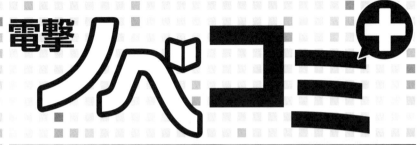

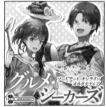

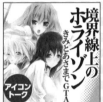

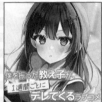

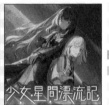

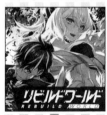

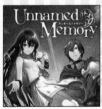

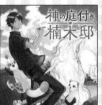

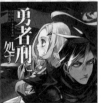